GUILLAUME
DE NASSAU,

TRAGÉDIE EN CINQ ACTES.

1820.

IMPRIMERIE DE LACHEVARDIERE FILS,
RUE DU COLOMBIER, N° 30, A PARIS.

GUILLAUME
DE NASSAU,

TRAGÉDIE EN CINQ ACTES,

PAR

A. V. ARNAULT,

DE L'ANCIEN INSTITUT DE FRANCE.

PARIS,

BOSSANGE PÈRE, LIBRAIRE,

RUE DE RICHELIEU, N° 60;

BOSSANGE FRÈRES, LIBRAIRES,

RUE DE SEINE, N° 12;

DELAUNAY, PONTHIEU,

AU PALAIS-ROYAL.

1826.

Hic vir, hic est.

VIRG., *Æneid.* lib. VI.

Voilà mon héros.

J.-B. ROUSSEAU.

AVERTISSEMENT.

Guillaume de Nassau est un des premiers hommes des temps modernes. Ce n'est pas dans quelques actions seulement, c'est dans toutes ses actions qu'il s'est montré grand. Sa simplicité relevait encore l'excellence de ses qualités. Nul caractère ne tendit plus constamment vers l'héroïsme, nul caractère ne fut plus absolument exempt de jactance. Guillaume est le Phocion de la Hollande.

Les circonstances dans lesquelles ce caractère s'est développé ajoutent encore à l'admiration qu'il inspire. Chef de la noblesse flamande, Guillaume était placé entre le peuple et le souverain quand éclata la révolution qui devait affranchir les Provinces-Unies.

Elle avait été provoquée par le despotisme de Philippe II. Violant les priviléges qu'il avait juré de maintenir, substituant sa volonté aux constitutions qui régissaient les domaines de la maison de Bourgogne, sans respect pour les droits de la propriété, pour la liberté de conscience, pour l'indépendance des citoyens, le fils de Charles-Quint appela les suppôts de l'inquisition dans ces contrées déjà désolées par les agents du fisc. Guillaume pouvait accroître sa fortune et ses honneurs en servant les projets de l'oppresseur : il prend le parti des opprimés, il les défend dans le conseil du prince; et, sacrifiant ses intérêts à ceux de son pays, il sert bientôt de son argent et de son épée la cause qu'il avait d'abord plaidée avec une éloquence qui lui avait mérité la proscription.

Jamais patriotisme ne fut plus pur que le sien : ce n'était pas pour se l'asservir qu'il affranchissait son pays de la tyrannie de Philippe. Tenant de la volonté générale l'autorité qu'il exerçait, il n'hésita jamais à recevoir un supérieur, quand l'intérêt général parut le demander, et fut le premier à donner l'exemple de l'obéissance lorsque le vœu des états appela successivement deux princes étrangers à protéger cette Flandre, qu'ils tentèrent tous deux d'opprimer [1].

Rentré deux fois dans les rangs, ce grand homme n'en sortit que lorsqu'il fallut enfin reconquérir l'indépendance nationale, asservie par ces parjures.

Prudent et courageux, discret et sincère, économe et libéral, plein de sagacité et de droiture, non moins circonspect dans ses délibérations que ferme dans ses résolutions, et, sous une apparence flegmatique, accessible à tous les sentiments tendres, Guillaume n'eut qu'une passion, l'amour de son pays. Elle a rempli toute sa vie, elle l'anima jusqu'à son dernier soupir, qu'il exhala avec ces mots : « Mon Dieu, « ayez pitié de mon âme et de ce pauvre peuple ! »

Ce dernier soupir, qui n'est pas celui d'un ambitieux, lui fut arraché par un assassinat, le troisième qu'on ait tenté sur sa personne [2].

Un fanatique porta les coups; mais la cause de la religion, pour laquelle ce monstre s'était dévoué, n'est pas la seule que servait son crime : Balthazar Gerrard était aussi l'instrument de la politique, pour laquelle les exaltés de cette espèce sont d'excellents auxiliaires.

Pour se déterminer à tenter une entreprise où la mort est presque certaine, il faut voir au-delà de la mort la récompense qu'un ambitieux ne voit pas hors de la vie. Jacques Clément, Jean Châtel, Ravaillac, Damiens, Soleiman assassin de Kléber, et tant de forcenés qui, de même que Balthazar Gerrard, croyaient conquérir l'éternelle félicité par le crime, ne furent comme lui que des fanatiques aux mains desquels la politique avait remis un poignard; que des machines de mort qui, sans réflexion, n'ont fait qu'obéir au ressort par lequel les gouvernait la volonté d'autrui !

Quels ont été les provocateurs de l'action de Gerrard? quels moyens ont été employés pour le déterminer à cette action? quelles circonstances en ont favorisé l'exécution? quels résultats en espérait-on? quels résultats a-t-elle amenés? Voilà ce qui m'a semblé aussi digne d'être développé sur la scène tragique qu'aucun des sujets qu'on y ait traités jusqu'à ce jour.

Cette tragédie est un cadre où sont réunis les faits les plus remarquables opérés par Guillaume de Nassau. Tous les détails en sont vrais; rien n'y est modifié, que l'ordre dans lequel ces faits se sont succédé. C'est un précis de la vie de ce grand homme, c'est un chapitre d'histoire.

Ils sont historiques aussi tous les personnages qui figurent dans cette action; tous, à commencer par Borgia. Dira-t-on qu'on ne voit pas qu'un légat de ce nom ait été soutenir en Hollande les droits du roi catholique et ceux du pontife romain? Tel n'était pas, en effet, le nom du délégué ecclésiastique qui se fit chasser de La Haye pour des intrigues à peu près semblables à celles qu'on développe ici; tel n'était pas le nom de l'archevêque de Malines [3] qui avait tenté d'introduire le régime inquisitorial dans les provinces flamandes : mais, en prêtant à un seul ministre romain les crimes de plusieurs, ai-je altéré l'histoire, ai-je calomnié Rome? Je ne le crois pas. Je ne crois pas non plus avoir calomnié le nom de Borgia [4] en le donnant à l'audacieux représentant de deux tyrannies, au confident de la politique de l'Escurial, à l'agent des intrigues du Vatican.

On sait quel était Philippe II; on sait aussi quel était

Grégoire XIII, qui fit célébrer par une fête solennelle le massacre de la Saint-Barthélemy; Borgia, quoi qu'il dise et qu'il fasse au nom d'un pareil monarque et d'un pareil pontife, ne saurait non plus les calomnier.

Cet ouvrage, conçu et médité en Belgique, a été exécuté en France, en 1820. Inspiré par l'admiration, il le fut aussi par la reconnaissance.

N. B. Cette édition de *Guillaume* diffère dans quelques passages de celle qui vient d'être publiée à Bruxelles; mais on a eu soin d'indiquer par des astérisques (*) les vers ultérieurement supprimés, et de placer aux variantes les vers ajoutés.

Epître dédicatoire

A SON ALTESSE ROYALE

le Prince d'Orange.

rince,

De tous les héros modernes, Guillaume de Nassau est celui dont votre Altesse royale admire le plus le caractère : je ne l'ignorais pas quand j'ai entrepris de le tracer.

Il n'est pas facile de saisir et de rendre le mélange de grandeur et de simplicité, de talents politiques et de vertus domestiques, qui compose la physionomie de ce grand homme. Je serais néanmoins assuré d'y avoir réussi, Prince, si, en voyant cette esquisse, *vous disiez: Voilà bien l'homme auquel j'ai toujours désiré ressembler!*

Je suis avec respect,

De votre Altesse royale,

Prince,

Le très humble et très obéissant serviteur,

Arnault.

PARIS, CE 27 JUIN 1824.

PERSONNAGES.

GUILLAUME DE NASSAU, prince d'Orange, généralissime des troupes de la république hollandaise.

LOUISE DE COLIGNI, son épouse.

LE COMTE DE BUREN,
LE PRINCE MAURICE, } fils de Guillaume.

OLDEN BARNEVELDT,
MARNIX DE SAINTE-ALDEGONDE,
LE SEIGNEUR DE BRÉDÉRODE,
LE MARQUIS DE ROUBAIS, } membres des états généraux de Hollande.

BORGIA, ambassadeur d'Espagne et légat du saint siége.

BALTHAZAR GERRARD, secrétaire de Guillaume.

GOMEZ, Espagnol, attaché à l'ambassadeur.

JACOB DE MALDRE, écuyer de Guillaume.

MEMBRES DES ÉTATS GÉNÉRAUX.

OFFICIERS ATTACHÉS A GUILLAUME.

SOLDATS.

PEUPLE.

La scène est à Delft.

GUILLAUME
DE NASSAU.

ACTE PREMIER.

Le théâtre représente un vestibule d'architecture flamande, et formé par des arceaux ouverts sur la place; il est décoré de faisceaux d'armes de diverses espèces.

SCÈNE I.

GOMEZ, GERRARD[5].

GERRARD.

Que me veut Borgia? Qu'est-ce qu'il me commande?
Que ne m'oubliait-il au fond de la Hollande!
Et vous, son ami, vous, que cherchez-vous ici?
A le servir encor je n'ai pas réussi,
Gomez; mais qu'en son cœur le soupçon se dissipe.

Le légat de Grégoire et l'agent de Philippe
Douterait-il...

GOMEZ.

Gerrard...

GERRARD.

J'entrai dans son projet
En zélé catholique, en fidèle sujet;
Et j'aurais accompli ce que j'osai promettre
Si Dieu, qui conduit tout, eût daigné le permettre.

GOMEZ.

Du serment qu'en ses mains à Dieu vous avez fait
Bien que depuis dix mois il attende l'effet,
A votre foi, Gerrard, il n'a pas fait injure.
Dans un refus sans doute il verrait un parjure:
Mais un délai prudent n'est pas crime à ses yeux.
On diffère souvent ses coups pour frapper mieux.
Si Jauréguy [6] des siens eût su se rendre maître,
Depuis un an Guillaume eût expiré peut-être.
Vous sûtes, plus adroit, vous rapprocher de lui.

GERRARD.

Oui, dans sa confiance il m'admet aujourd'hui.
A ses projets divers, en mon esprit facile,
Trouvant jusqu'à ce jour un instrument docile,
Souvent il m'éprouva. Dans Londres, dans Paris,
J'ai servi ses desseins, j'ai semé ses écrits;
Mais sans cesse éloigné de lui par mes services...

GOMEZ.

Vous n'avez pu saisir tant de moments propices...

GERRARD.

Vous l'avez dit, Gomez.

GOMEZ.

Peut-être le hasard,
Peut-être Dieu sert-il le roi par ce retard;
Par des moyens plus doux, sous les lois de leurs princes
Peut-être a-t-il voulu ramener ces provinces.

GERRARD.

Du fils de Charles-Quint a-t-il fléchi le cœur?

GOMEZ.

Je le crois. Fatigué de quinze ans de rigueur,
Philippe désormais renonce à la vengeance.
Envers Nassau lui-même écoutant l'indulgence,
De ces bords si ce chef consent à s'éloigner,
Le roi non seulement consent à l'épargner,
Mais, par plus d'un bienfait digne de sa puissance,
De ce rebelle il veut payer l'obéissance:
Borgia, revêtu de son autorité,
Ici même aujourd'hui vient régler ce traité.

GERRARD.

Un ministre d'Espagne au milieu des rebelles!
Un prince de l'église en ces murs infidèles!
J'ai peine à concevoir un si hardi projet.

GOMEZ.

Inconnu sur la route il en fait le trajet.
Dans ces murs que son nom soit pour tous un mystère.

GERRARD.

Comme à tout voir, Gomez, je suis fait à tout taire.

Mais, j'en dois convenir, je ne puis espérer
Que l'on atteigne au but où l'on ose aspirer.
Connaissez le héros qui dans ces lieux demeure,
Il est incorruptible.

GOMEZ.

Ou qu'il parte, ou qu'il meure.

GERRARD.

Qu'il parte donc, qu'il parte! et puissé-je échapper
A la nécessité de le jamais frapper!

GOMEZ.

Révoquez-vous les vœux...?

GERRARD.

Puisse le ciel propice
Vouloir que mon serment jamais ne s'accomplisse!
Loin de ce grand proscrit mon bras s'est cru trop fort.
Ah! croyez-moi, Gomez, au moment de l'effort
Qu'attend de ma ferveur le ministre de Rome,
Du fer de l'assassin au cœur de l'honnête homme
L'intervalle est bien grand!

GOMEZ.

Un hérétique!

GERRARD.

Hélas!
Guillaume vient. Sortez.

(Gomez sort.)

SCÈNE II.

GUILLAUME DE NASSAU, LOUISE DE COLIGNI, GERRARD.

GUILLAUME.

De leurs cris je suis las;
Je suis las du pouvoir : oui, Louise, j'abdique.
Cet écrit en contient l'assurance authentique.
(A Gerrard.)
Aux états assemblés en ce même palais
Que cet acte important soit remis sans délais.

GERRARD.

Du bonheur que j'éprouve à remplir ce message
Que mon empressement vous soit un témoignage.
Oui, prince, abjurez-les ces honneurs dangereux.
Le plus puissant toujours n'est pas le plus heureux.

(Il sort.)

SCÈNE III.

GUILLAUME, LOUISE.

GUILLAUME.

Viens, quittons Delft : ce n'est que dans la solitude
Qu'on peut trouver l'oubli de tant d'ingratitude.

Mon déplaisir, Louise, au comble est parvenu.
Quittons cette Hollande où je suis méconnu,
Ce peuple que j'aimais avec idolâtrie,
Et cherchons un asile à défaut de patrie.

LOUISE.

Je vous suis, ô Guillaume! ô mon illustre époux!
Je vins ici pour vous, j'en dois fuir avec vous.
Oui, quittons-les ces bords d'où votre heureux génie
A chassé les tyrans et non la calomnie.
Les malheurs de l'exil ne m'épouvantent pas;
Il en est de plus grands, je le sais trop: hélas!
Fille de Coligni, j'eusse été moins à plaindre
Si mon père à la fuite avait pu se contraindre;
Aux coups dont, à votre âge, il expira frappé,
Moins confiant peut-être aurait-il échappé!

GUILLAUME.

Ce n'est pas le danger que je fuis, c'est l'outrage.
Contre ses traits en vain je cherche mon courage,
D'une plus sûre atteinte il a percé mon sein
Que le fer dont Philippe arma mon assassin.
Je fus frappé : le temps a guéri ma blessure;
Mais il ne guérit pas celle que fait l'injure,
Celle qu'un mot réveille en des cœurs délicats,
Une fois déchirés par la dent des ingrats.

LOUISE.

La vôtre est bien profonde.

GUILLAUME.

Est-ce moi qu'on soupçonne,

Qu'on accuse d'oser prétendre à la couronne?
Infidèle aux vertus que je feins d'enseigner,
Je jette enfin le masque, et j'aspire à régner;
Et mon ambition, qu'un parti favorise,
Doit consommer demain cette grande entreprise!
Ainsi donc mes calculs prolongeaient nos débats!
Ainsi nos citoyens, qui, devenus soldats,
En criant LIBERTÉ! me suivaient au carnage,
Combattaient seulement pour changer d'esclavage!
Tout le sang qu'à nos mers vingt fleuves ont roulé,
C'est pour moi, pour moi seul qu'il a vingt ans coulé!
C'est pour moi seul, enfin, qu'illustré par nos guerres,
Ce sol s'est abreuvé du sang de mes trois frères[8]!
Embrasés de l'amour dont j'étais transporté,
Oui, mes frères sont morts, mais pour la liberté,
En me léguant tous trois, pour unique héritage,
L'honneur d'achever seul notre commun ouvrage.
Je l'ai fait: j'ai rempli le vœu de ces héros.
Bien plus que de pouvoir j'ai besoin de repos.
Je vieillis: les soucis, la fatigue, avant l'âge,
Ont affaibli ce corps, moins fort que mon courage.
A ma famille, à vous, je dois aussi mes soins:
Allons, Louise, allons; et n'ayons pour témoins
Du bonheur dont ce jour à jamais nous assure
Que ceux qu'auprès de nous a placés la nature,
Que mes enfants. L'un d'eux en pourra soupirer.
Adolescent, déjà Maurice[9] ose aspirer
Aux plus brillants destins où l'homme puisse atteindre.

Que cette ambition, s'apaisant sans s'éteindre,
De but auprès de moi s'accoutume à changer.
Et si mon fils aîné, captif chez l'étranger,
Si Buren à Madrid n'était pas en otage [10],
Jamais destin plus doux n'eût été mon partage.
Saisissons vite un bien qu'on pourrait nous ravir.
Rassurer mon pays, c'est encor le servir.
Partons.

LOUISE.

Devoir bien doux pour mon obéissance.
Mon amour inquiet ne craint que votre absence.
Contre le sort jamais s'il osa murmurer,
C'est lorsque vos projets ont dû nous séparer.
Ah! croyez qu'il apprend avec quelque allégresse
Celui qui tout entier vous rend à ma tendresse,
Sans pourtant vous soustraire à vos nobles destins;
Celui qui, confondant les soupçons clandestins
Contre votre vertu répandus par l'envie,
Prouvera que le vœu de toute votre vie
Fut d'affranchir ce peuple, et non de l'asservir.
Accroissez votre honneur, qu'on voudrait vous ravir.
Désormais plus modeste, et non pas plus obscure,
Que, loin des dignités, votre gloire s'épure.
Votre gloire est en vous, et non dans la grandeur.

GUILLAUME.

De tous vos sentiments que j'aime la candeur!
Aux dons avec le sang transmis dans votre race,
Fille des Châtillons, qu'elle prête de grâce!

A vos doux entretiens quand je puis revenir,
Qu'aisément du malheur je perds le souvenir!
Grâce à l'ingratitude, et peut-être à l'envie,
Le bonheur m'attendait au déclin de ma vie!
De ce trésor, vous dis-je, allons nous emparer.
Partons; rien désormais ne doit nous séparer.

(Louise sort; Guillaume se dispose à la suivre, quand il aperçoit Barneveldt. Sur un signe que lui fait ce dernier, il s'arrête.)

SCÈNE IV.

GUILLAUME, BARNEVELDT[11].

GUILLAUME.

Que me veut Barneveldt?

BARNEVELDT.

Que vient-on de m'apprendre?
Non, prince, un tel parti vous n'avez pu le prendre.
Vous voulez vainement vous séparer de nous.
Restez : l'état l'exige, il a besoin de vous.

GUILLAUME.

Se peut-il?

BARNEVELDT.

Des secours que nous promit la France,
La lenteur à Philippe a rendu l'espérance.
A pas précipités de Madrid accouru,
Sur les bords de l'Escaut Farnèse a reparu[12].

Et vous nous quitteriez quand nous courons aux armes!
Nassau, désormais sourd aux communes alarmes,
Dans les bras de l'hymen et de l'oisiveté
Oubliant et sa gloire et son activité,
Sous le joug, où le Belge est rentré plus esclave,
Veut donc voir succomber la liberté batave!

GUILLAUME.

Moi?

BARNEVELDT.

De Bruge aux tyrans les murs se sont rouverts;
Gand a cédé; Bruxelle est prise; et sous Anvers,
Où notre faible armée est presque prisonnière,
L'implacable Espagnol a porté sa bannière.

GUILLAUME.

Sainte-Aldegonde est là [13]!

BARNEVELDT.

Mais peut-il sans secours
Des succès de Farnèse interrompre le cours?
Peut-il arrêter seul ce torrent, dont la rage
Jusque dans nos marais veut s'ouvrir un passage?
Des ports de la Zélande aux rives de l'Amstel
Nos braves des états ont entendu l'appel:
Aux murs de Rotterdam leurs bataillons se rendent.
De Leyde et de Harlem les héros vous attendent [14].
Rendez-vous à leur vœu, qui vous est apporté;
Défendez votre ouvrage et notre liberté;
Et ne refusez plus, à vous-même infidèle,
Le poste où la patrie à grands cris vous rappelle.

GUILLAUME.

Pensez-vous qu'il ait pu s'éteindre ou s'assoupir
Le feu qui m'embrasa dès mon premier soupir?
Non, Barneveldt : en moi l'amour de la patrie,
Comme en vous, ne saurait mourir qu'avec la vie.
Cinquante ans de mon cœur unique passion,
C'est peu qu'il m'ait conduit en ma moindre action;
L'oisiveté qui même aujourd'hui vous étonne,
En ce moment aussi, c'est lui qui me l'ordonne.
Tant que j'ai vu l'amour de mes concitoyens
De leurs efforts unis appuyer tous les miens;
Quel que fût le succès, à mon zèle égalée
Tant que leur équité s'est pour moi signalée,
J'aimais, de leur amour surtout ambitieux,
A me multiplier pour le mériter mieux.
Dans ce but, Barneveldt, tout me semblait facile.
Pour y toucher, ainsi vous m'avez vu docile,
Fier même de servir plus que de commander,
Quand l'intérêt public semblait le demander,
Sous un Valois courber avec obéissance
Ce front qui de l'Autriche a bravé la puissance.
Je craignais le repos. Mais depuis que je vois
Le peuple, en son caprice ingrat comme les rois,
De mes intentions suspecter la droiture,
En moi l'ambition doit changer de nature.
Le chef que l'on soupçonne est déjà renié.
Détestant des honneurs qui m'ont calomnié,
Affligé d'être illustre, et craignant d'être utile,

Ambitieux d'oubli, je quitte cette ville;
Et du pouvoir, enfin, sachant me défier,
J'aime à rester oisif pour me justifier.
Adieu, cher Barneveldt; adieu: que mon absence
Ramène en vos conseils la bonne intelligence!
Adieu. Puisque le peuple a douté de ma foi,
Puisqu'en servant l'état on craint d'agir pour moi,
Je saurai, m'imposant un exil volontaire,
Retrouver des Nassau le toit héréditaire,
Et, digne d'eux encor, cultiver de mes bras
Leurs champs, que j'engageai pour payer vos soldats.

BARNEVELDT.

Guillaume, à votre gloire, et si noble et si pure,
Il est trop vrai, l'envie a souvent fait injure.
Dans leur source féconde altérant vos bienfaits,
Et de tous vos exploits vous faisant des forfaits,
Sa voix vous accusa, je le sais, de prétendre
A nous ravir les droits qu'on vous voyait défendre.
Ainsi, dans tous les lieux, les lâches, les méchants,
Aux plus généreux cœurs ont prêté leurs penchants;
Ainsi leur impuissance en tous temps calomnie
L'espoir de l'héroïsme et le but du génie;
Et jusqu'à son niveau s'efforce à ravaler
Des vertus qu'il leur est défendu d'égaler.
En fuyant, croyez-vous désarmer leur malice?
C'est en punir l'état, c'est vous rendre complice
D'un projet dès long-temps médité contre lui;
C'est lui ravir, enfin, son plus solide appui.

Consultez-vous avant que de vous satisfaire,
Pour l'état croyez-vous n'avoir plus rien à faire?

GUILLAUME.

Je le crois. Cependant qu'abusé par les grands
Contre un tyran le Belge implorait des tyrans,
Abîmant sous nos mers le pouvoir despotique,
N'ai-je pas au Batave acquis la république?
Ce pays sous le joug ne peut plus revenir.
Par l'union d'Utrecht fixant son avenir[15],
J'ai, contre les efforts du plus puissant des princes,
Ralliant à jamais l'effort des sept provinces,
Par la solidité de ce lien nouveau,
Réuni leurs sept dards en un même faisceau.
Ils se défendront seuls. Désormais plus tranquille,
Et, grâce à mes travaux, certain d'être inutile,
Souffrez que dans l'oubli j'attende le trépas.
Je pars, j'en ai le droit.

BARNEVELDT.

Non, vous ne l'avez pas.
Confondre les ingrats par de nouveaux services,
A force de bienfaits punir leurs injustices,
Voilà comment se venge un homme tel que vous.
Dans Rome aussi jadis Camille eut des jaloux;
Par des soupçons aussi sa vertu fut flétrie :
Il ne leur répondit qu'en sauvant la patrie.
Vengez-vous de la vòtre en combattant.

GUILLAUME.

Ami,

Cessez ; n'ébranlez pas ce cœur mal affermi
Dans l'affligeant devoir que ma vertu s'impose ;
N'ébranlez pas l'appui sur lequel je repose ;
Ne m'affaiblissez pas par un zèle indiscret.
A ce peuple inconstant épargnant un décret,
Pour m'infliger moi-même un utile ostracisme,
Lorsque j'aurais besoin de tout votre héroïsme,
Par un contraire effort gardez-vous d'ajouter
Aux peines qu'un effort si grand doit me coûter.
Pour y persévérer j'ai besoin de courage.
Laissez-moi tout le mien ; et, tant qu'un témoignage
Unanime, éclatant, ne m'aura pas prouvé
Que le vœu des soldats du peuple est approuvé,
De ses préventions sans prévenir le terme,
Souffrez qu'en ce palais du moins je me renferme.
J'y reste en citoyen ; mais au jour du combat,
S'il vient, cher Barneveldt, j'en sortirai soldat.

BARNEVELDT.

Ce grand jour, croyez-moi, ne peut se faire attendre.

(On entend l'air national.)

DES VOIX DERRIÈRE LE THÉATRE.

Nassau ! Nassau ! Nassau !

GUILLAUME.

Quels cris se font entendre ?

SCÈNE V.

LES PRÉCÉDENTS, MAURICE DE NASSAU, DÉPUTÉS DU PEUPLE ET DE L'ARMÉE.

UN CITOYEN.

Ceux qu'un peuple de joie et d'amour enivré
Vous adressait le jour où, par vous délivré,
Et voulant s'assurer un avenir prospère,
Vous proclamant son chef, il vous nommait son père.

GUILLAUME.

Je ne commande plus.

BARNEVELDT.

Mais vous obéirez
A la voix de l'honneur, dès que vous l'entendrez.

UN SOLDAT.

Nassau, de la patrie écoutez la prière.
Promettez, promettez à l'élite guerrière,
Qui brûle de vous suivre à de nouveaux combats,
Que vous retournerez avec vos vieux soldats,
Avec vos compagnons de dangers et de gloire,
Aux champs où si souvent vous suivit la victoire ;
Aux champs où vos amis, de votre honneur jaloux,
Ne veulent succomber ni triompher sans vous.

GUILLAUME.

Liberté, tu vaincras ! J'en ai pour assurance

Leur fierté, leur courage, et leur persévérance.
Si pourtant vous pouviez triompher sans danger,
Sous vos drapeaux, ingrats! loin d'aller me ranger,
Dans vos lauriers futurs refusant tout partage,
Croyez qu'à l'instant même en mon vieil héritage
J'irais... Ah! qu'ai-je dit! Non, mes amis, croyez
Que le dangereux poste où vous me renvoyez,
Pour ce cœur toujours jeune a cent fois plus de charmes
Qu'un parti, quel qu'il soit, qui, m'arrachant aux armes,
Déroberait aux coups dont vous seriez frappés,
Quelques restes de sang aux poignards échappés.

MAURICE.

Mon père! et moi pourrai-je enfin, malgré mon âge,
Faire sous vos regards l'essai de mon courage,
Apprendre, en combattant sous un tel général,
Les secrets de cet art nécessaire et fatal,
Qui maître des états les renverse ou les fonde,
Et non moins que les lois fait les destins du monde?

GUILLAUME.

Tu préviens mes désirs : le moment est venu
Où de Maurice aussi le nom sera connu.
Oui, tout Nassau, mon fils, doit l'exemple au plus brave;
Oui, tout Nassau, mon fils, est né soldat batave.
Mes trois frères sont morts les armes à la main;
Et si le tien jadis, dans les murs de Louvain,
Sans respect pour l'étude et ses saints priviléges,
N'eût pas été ravi par des mains sacriléges,

De Philippe, à Madrid, s'il ne portait les fers,
Couronné des lauriers à ton audace offerts,
Depuis plus de quinze ans apprenti sous ton père,
C'est lui qui, t'enseignant le métier de la guerre,
Te révèlerait l'art de triompher des rois.
Va l'apprendre cet art, pour défendre nos droits,
Pour punir les tyrans, pour châtier les traîtres.
Dans tous nos compagnons tu trouveras des maîtres.
Et, crois-moi, pour t'instruire en des secrets pareils,
Leurs exemples, mon fils, valent bien les conseils
Qu'en nos camps, dès ce jour ouverts à ta jeunesse,
Ira, sans plus tarder, te porter ma tendresse.
O mon pays! mes vœux ne sont pas superflus,
Et ma famille enfin t'offre un vengeur de plus.
Avec vous, mes amis, je veux mourir et vivre;
Et comme à vous guider je suis prêt à vous suivre.

(Ils sortent tous, hors Guillaume.)

SCÈNE VI.

GUILLAUME, LOUISE, GERRARD.

LOUISE.

Quels délais!

GUILLAUME.

De projets, Louise, il faut changer.

LOUISE.

Ne partirons-nous pas?

GUILLAUME.

Au moment du danger!

LOUISE.

Je vous comprends.

GERRARD.

Et moi, je ne saurais comprendre
Que délivré du joug on veuille le reprendre.
Peut-être, en oubliant ceux qui vous ont trahi,
Aux volontés du ciel auriez-vous obéi.

GUILLAUME.

Parjure à la patrie, à l'honneur infidèle,
Fermerais-je l'oreille à leur voix qui m'appelle?

GERRARD.

L'intérêt de vos jours n'est-il donc rien?

GUILLAUME.

Gerrard,
Ma vie est dès long-temps le jouet du hasard.
Philippe en ses fureurs ne se repose guère;
Et la paix a pour moi les dangers de la guerre.
Deux fois les assassins me l'ont déjà prouvé.
Confions-nous à Dieu, qui deux fois m'a sauvé.
(A Louise.)
Pourquoi trembler?

LOUISE.

Je sais à quoi l'honneur t'oblige.
Remplis-le tout entier ce devoir qui m'afflige.

Un instant j'approuvai tes vœux pour le repos,
Ces vœux étaient alors d'un sage et d'un héros;
Ils te sont interdits en ce jour de détresse.
Pars : crois-en ta vertu, dont frémit ma tendresse.
Mais pardonne à mon cœur d'avoir pu se troubler.
Ce serait t'outrager que de ne pas trembler.
A ses amis, à vous, ma tendresse le livre.
Veillez sur lui, Gerrard.

GERRARD.

Moi! je ne puis le suivre.

GUILLAUME.

Qu'avez-vous dit!

GERRARD.

La mort ne m'épouvante pas;
Mon sang a maintes fois coulé dans les combats;
Pour moi la gloire a même encore quelques charmes :
Mais se sèche ma main si je reprends les armes!

LOUISE.

Même pour le défendre!

GERRARD.

Hélas!

GUILLAUME.

Vous m'étonnez.
Les droits qu'à vos secours mes bienfaits m'ont donnés
Sont bien loin d'égaler toute mon espérance.
Je comptais cependant sur moins d'indifférence;
Et je croyais qu'un homme en mes secrets admis
Disputerait de zèle à mes plus vieux amis.

GERRARD.

Croyez-moi, je vous sers mieux qu'aucun d'eux peut-être,
Seigneur, en retournant aux lieux qui m'ont vu naître.
Le peuple vous rappelle au poste du pouvoir :
C'est celui du péril. Ah! puissiez-vous prévoir,
Puissiez-vous prévenir tous ceux dont vous menace
Sa faveur, plus cruelle encor que sa disgrâce.
Sans accuser ce cœur qui sait vous estimer,
Ce cœur qui craint pour vous, craindre ainsi c'est aimer,
Songez que le destin, dans le temps où nous sommes,
A d'étranges devoirs soumet parfois les hommes;
Songez qu'en ce conflit de tous les intérêts,
Le bien, le mal, souvent ont échangé leurs traits.
Ne calomniez pas le zèle qui m'anime.
En vertu quelquefois l'erreur change le crime :
Malgré l'aspect douteux dont il est revêtu,
Ne changez pas en crime un effort de vertu.

SCÈNE VII.

LES PRÉCÉDENTS, JACOB DE MALDRE.

DE MALDRE.

De la paix arborant la couleur bienfaisante,
Un Espagnol aux pieds de nos murs se présente.

GERRARD.

Un Espagnol!

LOUISE.

Gerrard, pourquoi tant vous troubler?

GERRARD.

A ce nom d'Espagnol un Flamand peut trembler.

GUILLAUME.

Que veut-il?

DE MALDRE.

Il apporte un traité pacifique
Qu'a de son maître enfin souscrit la politique.

LOUISE.

Quelque piége nouveau.

GUILLAUME.

Dès qu'on a su prévoir
Les projets d'un perfide, on peut le recevoir.
Allez, qu'à notre foi sans crainte il s'abandonne.

DE MALDRE.

Il veut votre parole.

GUILLAUME.

Il la veut; je la donne.
Je cours la lui porter; je répondrai de lui.

(Ils sortent.)

SCÈNE VIII.

GERRARD.

A ton bourreau peut-être offres-tu ton appui.
Avec les réprouvés si Dieu veut te confondre,
Infortuné, de toi qui pourra me répondre?

(Il sort en donnant des signes du trouble le plus violent.)

FIN DU PREMIER ACTE.

ACTE DEUXIÈME.

SCÈNE I.

GOMEZ, L'AMBASSADEUR, CONSEILLERS.

L'AMBASSADEUR.

J'y suis enfin! Agents courageux et prudents,
Des projets de Philippe aujourd'hui confidents,
Serviteurs d'un grand roi, rendons-lui l'héritage
Qui d'un sujet rebelle est encor le partage;
Et, par l'adresse enfin, sachons nous ressaisir
D'un bien que la valeur n'a pu lui conquérir.
Voici l'instant d'agir, agissons; mais ensemble.
Tandis qu'au grand conseil, qui déjà se rassemble,
Les traités captieux, par ma voix exposés,
Vont armer de nouveau les partis opposés,
Parlez aux citoyens, rallumez dans la ville
Les brandons mal éteints de la guerre civile.
Je me trompe, ou Nassau, dans son aveuglement,
Lui-même a préparé le grand évènement
Qui doit à sa fortune aujourd'hui mettre un terme.

Que d'ennemis nouveaux chez lui-même il enferme!
Sous ses pieds imprudents que de piéges tendus!
Que de glaives mortels sur son front suspendus!
Partout la multitude, ingrate envers la gloire,
Est contre les héros toujours prête à tout croire.
Publiez qu'à Philippe il a vendu ses soins;
Citez le jour, le prix, les garants, les témoins;
Ajoutez que du nœud qui déjà les engage
Son fils que je ramène est la preuve et le gage.
Ressuscitez des grands les soupçons endormis,
Dans le cœur, je le sais, ils sont ses ennemis;
C'est pour eux un égal qui, fatigué de l'être,
Pour occuper sa place a renversé son maître:
Accréditons l'erreur: rien n'est à dédaigner;
Trompons pour diviser, divisons pour régner.
Le droit n'est qu'un vain mot si l'art ne le seconde;
Plus que lui l'imposture a gouverné le monde.
Des pouvoirs que Nassau réunit en ses mains
Inquiétons surtout les vrais républicains;
Ils ont de l'injustice une telle habitude
Que leur estime même est de l'ingratitude.
Qu'enflammé cependant par de pieux discours,
Le fanatisme aussi nous prête des secours.
C'est là surtout ma tâche: accomplissez la vôtre.
D'un péril s'il échappe, entraîné dans un autre,
Que Nassau tombe avant d'avoir pu deviner
D'où partira le coup qui doit l'assassiner.
Allez.

SCÈNE II.

L'AMBASSADEUR, GERRARD.

L'AMBASSADEUR.

Mais quelqu'un vient. C'est Gerrard, ce me semble.

GERRARD.

Ciel! comment l'aborder!

L'AMBASSADEUR.

Approchez-vous.

GERRARD.

Je tremble!

L'AMBASSADEUR.

Vous détournez les yeux. Vous ne sauriez, Gerrard,
D'un juge inattendu soutenir le regard.
Je le conçois.

GERRARD.

Appui du trône et de l'église,
Je ne puis le nier, ce n'est pas sans surprise
Que je vous vois, sans bruit, sans titre, sans splendeur,
Chez ces républicains modeste ambassadeur,
Flattant les révoltés qu'on menaçait naguère,
Parler de paix aux lieux où vous portiez la guerre.

L'AMBASSADEUR.

Si Gerrard plus fidèle avait fait son devoir,

J'y donnerais des lois au lieu d'en recevoir.
Parlez : depuis un an quel motif vous arrête ?
Des millions de bras ici n'ont qu'une tête :
Un seul coup suffirait pour les désarmer tous ;
Long-temps de le porter on vous a vu jaloux,
Dévorer en espoir, d'honneurs surtout avide,
Le prix toujours offert à ce saint homicide.
Dans quel projet ici n'êtes-vous pas venu ?
Ne craignant rien, sinon que d'être prévenu,
Vous ne faisiez pas voir ce cœur pusillanime
Quand Jaureguy, plus prompt à frapper la victime,
Pensa vous dérober un honneur immortel,
Et venger dans Anvers et le trône et l'autel.
Croyez-en, disiez-vous, l'ardeur qui me dévore ;
Mes coups seront plus sûrs... Et Nassau vit encore !

GERRARD.

Oui, Nassau vit encore ; et Dieu seul l'a voulu.
A le frapper Dieu sait si j'étais résolu ;
Fidèle à deux devoirs si, pour punir un homme,
Également proscrit par Madrid et par Rome,
Et déclaré par vous indigne de pardon,
J'avais fait de ma vie un entier abandon :
Heureux de voir ainsi de mes erreurs passées
Au livre accusateur les traces effacées,
Et le ciel accorder au sang d'un vrai martyr
Ma grâce refusée aux pleurs du repentir !
Je pars : n'ignorant pas que le ciel autorise
La fraude même utile à pareille entreprise,

J'ose, pour mieux servir et l'église et l'état,
A notre auguste foi saintement apostat,
Me proclamer partout victime de mon zèle
A propager l'erreur sous sa forme nouvelle;
Et, grâce à l'intérêt que j'ai l'art d'obtenir,
Jusqu'à Nassau lui-même on me voit parvenir.
Je me le figurais arrogant et farouche,
La fureur dans les yeux, le blasphème à la bouche,
Et, craignant qu'à mes coups il ne pût échapper,
Déjà saisi du fer j'étais prêt à frapper :
Quand s'avançant vers moi : « Je sais votre détresse,
« A vos malheurs, ami, ma pitié s'intéresse;
« Venez, vous n'êtes pas sur un sol rigoureux;
« C'est un refuge ouvert à tous les malheureux.
« Si le courage en vous s'unit à l'industrie,
« Restez, vous n'avez fait que changer de patrie:
« En tout lieu l'homme utile est bientôt citoyen.
« N'avez-vous pas un toit, habitez sous le mien. »
Puis me tendant la main... Vous devinez le reste.
Un accueil moins humain m'eût été moins funeste.
Interdit, atterré, contre tant de douceur
Je sentis tout-à-coup se briser ma fureur.
A ses discours sa voix prêtait encor des charmes.
Dans mes yeux étonnés je retrouvai des larmes.
Le courage expira dans mon cœur énervé :
En se livrant à moi Guillaume s'est sauvé.

L'AMBASSADEUR.

Qu'honorait-il en vous, ce sujet infidèle?

Qu'étiez-vous à ses yeux? un parjure, un rebelle,
En ce point seulement digne de son appui,
Que vous lui paraissiez aussi pervers que lui.
Offerte au criminel la pitié n'est qu'un crime;
La sienne est une injure ainsi que son estime;
Et vos seuls préjugés, faiblement combattus,
Ont pu se laisser prendre à ses fausses vertus.

GERRARD.

Il se peut : cependant cet intérêt si tendre
Sur ses ennemis même il se plaît à l'étendre.
J'ai vu des Espagnols à sa perte attachés,
De la main des bourreaux par la sienne arrachés :
Tandis que de la foi le tribunal suprême
Marquait son front proscrit du sceau de l'anathème,
J'ai vu son noble zèle, à ses persécuteurs
Prodiguant ses secours et ses soins protecteurs,
Soustraire à la fureur des poignards hérétiques
Les plus fougueux agents des fureurs catholiques.
Ah! si les dons heureux qui font l'homme de bien,
Le généreux guerrier et le vrai citoyen
Sont de fausses vertus à vos yeux équitables,
Quelles sont, dites-moi, les vertus véritables?

L'AMBASSADEUR.

Ces vertus, c'est la foi des enfants d'Israël;
C'est leur soumission aux volontés du ciel;
C'est leur attachement au Dieu de leurs ancêtres;
C'est leur obéissance à la voix de ses prêtres;
C'est, pour trancher enfin des discours superflus,

Ce zèle dévorant dont vous ne brûlez plus.
Et cependant quel prix aurait été le vôtre!
Les honneurs dans ce monde et le bonheur dans l'autre.
Le pieux attentat qui n'est pas accompli
Sur terre eût illustré votre sang anobli;
Et, dans les cieux rouverts à votre heureuse audace,
Dans la sainte milice il marquait votre place.
Mais, d'un crime réel à demi repentant,
Vous fuyez le martyre, et l'enfer vous attend.

GERRARD.

Oui, rien n'effacera mes erreurs criminelles:
Je le sens, j'appartiens aux flammes éternelles.
J'y pouvais échapper si Dieu, dans sa bonté,
M'avait donné la force avec la volonté.
Mais, tout prêt d'accomplir un acte magnanime,
Je frémis, j'en conviens, comme on frémit d'un crime.
Je ne rétracte pas un saint engagement;
Mais vous, ne pouvez-vous me rendre mon serment?
Si ce n'est pour Nassau, pour moi plus charitable,
Tirez-moi du supplice affreux, insupportable,
Où me jette un devoir qui m'oblige à trahir,
A poignarder un cœur que je ne puis haïr;
Un héros que je plains, que j'aimerais peut-être,
Si, moins fidèle à Dieu, j'honorais moins mon maître.
Dieu de mes longs tourments n'aura-t-il pas pitié?

L'AMBASSADEUR.

Vous n'êtes, je le vois, perverti qu'à moitié:
Vous frapperiez encor s'il était nécessaire.

GERRARD.

Puisse Dieu se choisir un plus digne émissaire!

(Il veut sortir.)

L'AMBASSADEUR.

Où courez-vous?

GERRARD.

Je cours, en mon trouble mortel,
Consulter Dieu lui-même au pied du saint autel.

L'AMBASSADEUR.

Nassau, que vous plaignez, vous ferme ce refuge.
Mais partout Dieu nous voit, nous entend et nous juge:
Vous pouvez l'implorer sans aller loin d'ici :
Un cœur soumis et simple est son autel aussi.
Espérez toutefois. Dieu n'est pas implacable.
Le juste l'a souvent fléchi pour le coupable.
Si vos pleurs l'ont touché, Nassau même aujourd'hui,
Oui, Nassau peut trouver grâce encor devant lui.

GERRARD.

Quoi!

L'AMBASSADEUR.

Sachez... Mais on vient, sortez en diligence;
Et gardez le secret de notre intelligence.

SCÈNE III.

L'AMBASSADEUR, LE COMTE DE BUREN.

L'AMBASSADEUR.

Comte, enfin vous voilà sous le toit paternel.
Suspendant un exil qui dut être éternel,
Votre maître, laissant reposer sa colère,
Vous permet de revoir et d'embrasser un père.

BUREN.

Un père! est-il bien vrai? Vais-je enfin le revoir?
Bonheur dont ma tendresse avait perdu l'espoir!
Mais reconnaîtra-t-il, après quinze ans d'absence,
Un fils à son amour enlevé dès l'enfance?
Heureux moment!

L'AMBASSADEUR.

Pour vous puisse-t-il devenir
L'époque et le garant d'un meilleur avenir!

BUREN.

Ne l'est-il pas? Déjà ma jeunesse flétrie
Renaît en respirant le ciel de la patrie.
Que j'embrasse mon père, et le malheur passé
Dans le présent bientôt va se perdre effacé.

L'AMBASSADEUR.

A ce malheur Nassau peut enfin mettre un terme.
Qu'il accède au traité que cet écrit renferme,

(Il dépose un écrit sur la table.)

Et, révoquant l'arrêt qui vous a séparés,
Le roi veut qu'à l'instant vos maux soient réparés.
A ses désirs Nassau souscrira, je l'espère.
S'il n'est sujet fidèle, il est du moins bon père.
Mais si votre intérêt n'en peut rien obtenir,
Vous savez qu'à Madrid il vous faut revenir.

BUREN.

J'en ai fait le serment, et je le renouvelle.

L'AMBASSADEUR.

C'est encore un secret que cet écrit révèle.
Mais il vient.

SCÈNE IV.

LES PRÉCÉDENTS, GUILLAUME.

GUILLAUME.

Les états ont pensé comme moi
Qu'ils pouvaient écouter le messager d'un roi.
Comme sans confiance ils vous verront sans crainte.
Et vous, bientôt admis en leur modeste enceinte,
Vous verrez à quel point notre peuple a porté
L'amour de la patrie et de la liberté,
Amour qui sur nos bords, accru par les obstacles,
A fait tant de martyrs, a fait tant de miracles,
Et donne aux droits sacrés qu'on nous a contestés
Le prix de tous les biens dont ils sont achetés.

Ministre, pour remplir les volontés d'un maître
On vous accorde un jour.

L'AMBASSADEUR.

Il suffira peut-être.
Quoi qu'il en soit, Nassau, ne vous repentez pas
D'avoir levé l'obstacle où s'arrêtaient mes pas;
Soupçons injurieux, préventions grossières,
Qui sans cesse et partout m'opposaient leurs barrières.
En les favorisant vous eussiez écarté
Le bonheur qu'avec moi je vous ai rapporté.
Je sais quels sentiments contre vous on me prête:
Je ne m'explique pas, mais cet autre interprète
Des projets que le roi daigna me confier
Réussira peut-être à me justifier;
Comme à ma confiance il a droit à la vôtre;
Et le même intérêt nous unit l'un et l'autre.
Écoutez-le.

(Il sort.)

SCÈNE V.

GUILLAUME, BUREN.

BUREN.

Mon père!

GUILLAUME.

O ciel! y pensez-vous?

BUREN.

Mon père !...

GUILLAUME.

Un Espagnol embrasser mes genoux !

BUREN.

Un Espagnol, mon père ! Ah ! l'infortune et l'âge
Ont-ils donc à ce point altéré mon visage
Que le sang des Nassau, que vous m'avez transmis
En moi s'offre à vos yeux sous des traits ennemis ?
Si ce n'est à ses traits, ah ! du moins à sa joie
Reconnaissez le fils que ce jour vous renvoie.

GUILLAUME.

Buren ! Buren !... Ah ! viens sur ce cœur consolé,
Fils par mes vœux en vain si long-temps rappelé ;
Fils que de l'Espagnol l'inflexible colère
A si long-temps puni des succès de ton père.
Tu vis ! mais que de maux n'auras-tu pas soufferts ?
Tandis que des Flamands ma main brisait les fers,
De Philippe à Madrid les fureurs inhumaines
Augmentaient et l'étreinte et le poids de tes chaînes,
Et j'avais la frayeur à chaque exploit nouveau
D'avoir aigri l'orgueil de ton royal bourreau.
Pourtant je n'ai rien fait pour désarmer sa rage.
Pardonne-moi, mon fils, cet effort de courage ;
Pardonne-moi, mon fils, d'avoir prouvé quinze ans
Que mon pays m'est cher autant que mes enfants.
Mais que dis-je ? oublions un mal qui se répare.

Tout entier au bonheur que ce jour nous prépare,
A la nature seule accordant quelques pleurs,
Dans les bras l'un de l'autre oublions nos malheurs.

BUREN.

Les miens ont commencé, mon père, avec ma vie.
Dans Louvain mon enfance à vos soins fut ravie;
Je passai dans les fers au sortir du berceau,
Et de vos nobles mains dans celles d'un bourreau.
Nommerai-je autrement l'agent, le prêtre inique
Que l'ardent tribunal fondé par Dominique
Chargeait de préserver mon cœur désespéré
Du changement en vous par Calvin opéré?
Des chrétiennes vertus ignorant la première,
A l'enfer ce cruel empruntant la lumière,
De ses dogmes sans cesse au fond de ma prison
Effrayait ma tendresse, affligeait ma raison:
Calomniant du ciel la justice future,
Il me dictait des vœux qu'abhorrait la nature,
Et me forçait à dire anathème éternel
A la foi que défend votre bras paternel.
Mais Dieu voit la pensée: il ne fut pas complice
De ces vœux qu'à ma bouche arrachait le supplice;
Et le poids de mes fers me témoignait assez
Que les vœux de mon cœur étaient seuls exaucés!
J'étais loin de gémir, ah! vous pouvez m'en croire,
D'un fardeau dont le poids croissait par votre gloire;
Et, malgré les tourments qu'en leurs nœuds j'ai soufferts,

Je ne souhaitais pas qu'on allégeât mes fers.

GUILLAUME.

Ils sont brisés pourtant : quelle cause imprévue
Fait qu'un père sur toi repose encor sa vue ?
Se peut-il bien qu'après quinze ans d'inimitié
L'implacable Philippe ait connu la pitié ?

BUREN.

Je ne sais. Je dormais : une erreur bienfaisante
Me transportait aux bords de ma patrie absente ;
Je rêvais mon retour. Un mensonge si doux
Soudain s'évanouit au fracas des verrous.
J'en pleurais : « Levez-vous, reprenez espérance,
« Me dit un inconnu ; je plains votre souffrance,
« J'espère l'adoucir ; déjà l'aveu du roi
« Permet que de Madrid vous sortiez avec moi.
« Vous reverrez bientôt les rives de la Flandre.
« Laissez ici vos fers ; mais s'il faut les reprendre,
« A mes ordres soumis, quand vous les entendrez,
« Jurez-moi par l'honneur que vous les reprendrez. »
Je le jure. Aussitôt nous partons. Ah ! mon père,
Quand il me promettait un avenir prospère,
Le ministre du roi ne m'a pas abusé.
Mon cœur à cet espoir s'était trop refusé ;
Je le crois, je l'éprouve en ce moment d'ivresse.
Je vous tiens dans mes bras, sur mon cœur je vous presse.
Ah ! ton courroux, sans doute, est las de me frapper,
Fortune, et mon bonheur ne saurait m'échapper !
Mais qui vient interrompre un entretien si tendre ?

SCÈNE VI.

LES PRÉCÉDENTS, LOUISE, MAURICE.

LOUISE.

Quel bruit s'est répandu?

MAURICE.

Que vient-on de m'apprendre?

LOUISE.

Votre fils de retour!

MAURICE.

Mon frère dans ces lieux!

GUILLAUME.

Oui, mon fils, oui, ma femme, il est devant vos yeux.
Partagez notre joie après tant de misère...
Louise, embrasse un fils; Maurice, embrasse un frère.

LOUISE.

Bien que d'un autre hymen il ait reçu le jour,
Frère du gage heureux que nourrit notre amour,
Oui, Buren est mon fils; il l'est. O vous que j'aime!
O Nassau! croyez-moi, ma tendresse est la même
Pour chacun des objets où revit votre sang;
Et je suis deux fois mère au jour qui vous le rend.

GUILLAUME.

Chers enfants! chère épouse! en vos yeux comme il brille
Mon bonheur qui s'étend sur toute ma famille.

BUREN.

Hélas! de ce bonheur hâtons-nous de jouir;
Comme un songe il pourrait encor s'évanouir.

MAURICE.

Je te comprends. Philippe, humain par injustice,
N'est pas grand sans calcul, et bon sans artifice.
A ton retour, mon frère, il ose mettre un prix.

BUREN.

Par cet écrit bientôt nous aurons tout appris.

GUILLAUME, *prenant l'écrit.*

Lisons.
« Si la Hollande est encore insoumise,
« C'est Nassau, Nassau seul qu'il en faut accuser.
« Sa grâce, que son roi devrait lui refuser,
« Lui peut pourtant être promise.
« A notre faveur même il obtiendra des droits,
« Si, loin des bords soumis jadis à notre empire,
« Si, loin surtout d'un peuple armé contre ses rois,
« A l'instant même il se retire.
« Non seulement les biens qu'il dut croire perdus
« A ce prix lui seront rendus,
« Mais je veux les accroître en doublant ses domaines,
« Et permets que son fils sorte enfin de ses chaînes.
« A ce prix tous ses torts s'effacent devant moi.
« Mais si le traître y persévère,
« Qu'il y pense : je suis sévère ;
« Et je sais régner. Moi, LE ROI[16]. »
Vous l'avez entendu. Le sort toujours barbare

Même par ses faveurs contre nous se déclare.
A l'instant où je crois tous mes vœux accomplis
Il me force à trahir ma patrie ou mon fils.
Que ferai-je, Louise?

LOUISE.

O surcroît de misère!
Vous pensez en héros, si vous sentez en père.
Le héros pourra-t-il écouter mes conseils?
Je n'en crois qu'un seul guide en des doutes pareils.
Consultez votre cœur : dans tout ce qu'il prononce
Vous avez de mon cœur entendu la réponse.

GUILLAUME.

Et vous, Maurice?

MAURICE.

Et moi, mon père, je gémis
Du terrible devoir où vous voilà soumis.
Quel choix affreux Philippe aujourd'hui vous commande!
Sa lâche cruauté ne fut jamais plus grande.
Je conçois qu'à l'apprendre un père ait frissonné,
Que l'héroïsme même en frémisse étonné...
De l'affermir en vous s'il était nécessaire,
Ce droit appartiendrait tout entier à mon frère.

GUILLAUME.

Parlez, Buren.

BUREN.

Buren, soumis à son devoir,
Se résigne à son sort sans oser le prévoir;
S'il n'a votre génie, il a votre courage.

Vous obéir, tel est, tel sera son partage.
Ordonnez : dans vos bras d'avance je souscris
Au parti, quel qu'il soit, que mon père aura pris.

GUILLAUME.

Déjà l'ambassadeur !

SCÈNE VII.

LES PRÉCÉDENTS, L'AMBASSADEUR.

L'AMBASSADEUR.

Vous avez connaissance
Du prix mis par Philippe à votre complaisance.

GUILLAUME.

Oui.

L'AMBASSADEUR.

Devant les états bientôt je me rendrai.

GUILLAUME.

C'est devant les états que je vous répondrai.

(Ils sortent.)

FIN DU DEUXIÈME ACTE.

ACTE TROISIÈME.

Le théâtre représente la salle des états-généraux. Le portrait de Philippe II s'y voit placé sous un dais.

SCÈNE I.

MAURICE, SAINTE-ALDEGONDE.

SAINTE-ALDEGONDE.

Ainsi, Maurice, ainsi Nassau nous abandonne.
Ce malheur me confond bien plus qu'il ne m'étonne.
Sur les cœurs paternels la nature a des droits
Dont le plus fort en vain croit triompher deux fois.

MAURICE.

Telle est la vérité, brave Sainte-Aldegonde.
Nassau se tait, plongé dans sa douleur profonde.
Mais il pleure, et, malgré son silence absolu,
C'est nous apprendre assez ce qu'il a résolu.

SAINTE-ALDEGONDE.

Je reconnais bien là Philippe et son génie!
Je reconnais bien là sa froide tyrannie,
Son art de menacer, dans un cœur étranger,

Un cœur indifférent à son propre danger.
Mais votre père eût-il souscrit à leur demande,
Votre père n'est pas perdu pour la Hollande,
Et le projet qu'ici je viens exécuter,
Malgré lui-même ici peut encor l'arrêter.

MAURICE.

S'il en sortait, sa gloire en sortirait flétrie.
Ah! sauvez notre gloire en sauvant la patrie.
Quel est votre projet, digne ami?

SAINTE-ALDEGONDE.

D'achever
L'édifice imparfait qu'on vous vit élever
Aux lieux à l'Espagnol fermés par votre père.
Il est solide encor, j'en réponds; et j'espère
Qu'au milieu des assauts qui pourraient survenir,
La main qui l'a fondé saura le soutenir.

MAURICE.

Cette main tremble.

SAINTE-ALDEGONDE.

Eh bien, de cette main, Maurice,
Il faut fortifier la vertu protectrice.
Dans le cercle où Guillaume est encore enfermé,
De droits insuffisants il fut long-temps armé;
Il faut de sa puissance, enfin mieux assurée,
Ainsi que la limite étendre la durée.
Le camp s'est prononcé: son désir est le mien;
Son désir est celui de tout bon citoyen:
Que Guillaume, a-t-il dit, soit comte de Hollande.

MAURICE.

Il l'est. Ce que le camp propose, il le commande;
Et, dès long-temps, lassé de tant de changements,
Le peuple de l'armée a tous les sentiments:
Toujours des étrangers! manquons-nous de grands hommes
Et, des héros nourris par la terre où nous sommes,
Qui la protègerait d'un bras mieux affermi,
Que mon auguste père et votre illustre ami?
Donnons-lui donc le rang, donnons-lui donc les titres
Qu'ont de notre destin reçus tous les arbitres;
N'armons pas une main qui doit nous protéger,
D'un glaive moins tranchant, d'un sceptre plus léger
Que celui dont Valois, tyran sans diadème,
Par nous s'est vu naguère armé contre nous-même,
Et songeons qu'au plus juste en confiant son sort,
L'état pour protecteur prend en lui le plus fort.

SAINTE-ALDEGONDE.

Tel est mon sentiment; et tel sera, je pense,
Celui des vrais amis de notre indépendance!
Est-ce pour abroger un utile pouvoir?
Non, c'est pour rappeler Philippe à son devoir
Que le cri général quinze ans s'est fait entendre [17].
Altérant le pouvoir en cherchant à l'étendre,
Philippe l'eût détruit; sachons le conserver:
Philippe eût tout perdu, Nassau va tout sauver.

MAURICE.

N'en doutez pas: je cours, sans tarder davantage
Du peuple à nos projets assurer le suffrage.

Si les vœux des soldats sont appuyés des siens,
Comptons sur le succès. Des premiers citoyens,
A quelque fonction que leur droit les appelle,
Vous, courez cependant encourager le zèle.
Barneveldt les conduit : sans trop se hasarder,
On peut lui confier...

SAINTE-ALDEGONDE.

Il faut bien s'en garder.

MAURICE.

Comme vous n'est-il pas tout à mon père?

SAINTE-ALDEGONDE.

Il l'aime
Plus que son propre sang, plus encor que lui-même,
Plus que tout, mais non pas tant que la liberté;
De son sentier jamais il ne s'est écarté.
Avec de tels esprits ce n'est que par surprise
Qu'on peut mener à bout une telle entreprise.
J'ai des agents plus sûrs. Cachons à d'autres yeux
Un but dont les fureurs de tant d'ambitieux,
Et même des vertus qu'aujourd'hui je redoute,
A nos efforts bientôt sauraient fermer la route.
Et par quelque indiscret, sorti des murs d'Anvers,
Puissent tous ces projets n'être pas découverts
Avant que le succès... J'entends du bruit... Silence.
Séparons-nous. Je vois Barneveldt qui s'avance.

SCÈNE II.

BARNEVELDT, SAINTE-ALDEGONDE, BRÉDÉRODE, ROUBAIS, ET AUTRES MEMBRES DES ÉTATS. Ils entrent par différents côtés.

BARNEVELDT, à Sainte-Aldegonde.

Vous ici!

SAINTE-ALDEGONDE.

Seriez-vous étonné de m'y voir?
Y siéger est mon droit ainsi que mon devoir.
Aux états, Barneveldt, je viens prendre ma place.
L'armée aussi voudrait savoir ce qui se passe.

BRÉDÉRODE [18].

Jamais projet plus vaste et si bien concerté
N'a menacé nos droits et notre liberté.
A son dernier moment elle touche peut-être.

BARNEVELDT.

Quoi! ce ministre à peine ici vient de paraître,
Et déjà les soupçons dans nos murs sont rentrés!
Et les ressentiments dans les cœurs concentrés,
Tout prêts à s'exhaler, comme un lointain orage,
Déjà par le murmure ont signalé leur rage!

BRÉDÉRODE.

Cet homme est Espagnol, on peut s'en défier.

SAINTE-ALDEGONDE.

On peut en craindre tout sans le calomnier.

BARNEVELDT.

Je le crois : mais encor sachons ce qu'il demande.
Le bien de l'état même exige qu'on l'entende.
Loin d'affecter l'orgueil que d'Albe [19] eut autrefois,
Quand du sombre Philippe il nous dictait les lois,
A quelque dignité joignant la modestie,
Il parle de concorde, et non pas d'amnistie.

BRÉDÉRODE.

La concorde! en est-il entre son maître et nous
Que l'esclavage?

SAINTE-ALDEGONDE.

Au fait, vous dissimulez-vous
Que par une autre route on veut nous y conduire?
N'ayant pu nous dompter, on cherche à nous séduire.

BARNEVELDT.

Cet émissaire eût-il des projets ennemis,
J'aime encor qu'on l'écoute, et qu'il lui soit permis
D'exposer au mépris de la fierté batave
Dans la même personne et le maître et l'esclave.

BRÉDÉRODE.

Et si dans les états leurs vœux sont appuyés!

BARNEVELDT.

Des mépris qu'un perfide aurait seul essuyés,
Un membre des états partagerait la honte.

ROUBAIS [20]

Honte donc à Nassau!

SAINTE-ALDEGONDE.

Qui l'a dit?

BRÉDÉRODE.

On raconte
Que Nassau, las enfin de gloire et de combats,
Transige avec Philippe et met les armes bas.

ROUBAIS.

Ses titres qu'on lui rend, son fils qu'on lui ramène,
Des domaines nouveaux joints à son vieux domaine,
Tel est, dit-on partout, de ce secret traité,
Tel est le prix offert et le prix accepté.
Il part.

SAINTE-ALDEGONDE.

Il restera.

BARNEVELDT.

Si Guillaume transige,
S'il part, sur qui compter?

SAINTE-ALDEGONDE.

Il restera, vous dis-je.

ROUBAIS.

Le voici...

BRÉDÉRODE.

De son front voyez-vous la pâleur?

BARNEVELDT.

J'y vois la fermeté, si j'y vois la douleur.

SCÈNE III.

LES PRÉCÉDENTS, GUILLAUME, HUISSIERS DU CONSEIL.

BARNEVELDT.

Prenez vos rangs, seigneurs.

(Les députés se placent : Barneveldt occupe la place de président.)

GUILLAUME.

Un agent, un ministre
Du monarque espagnol dont le pouvoir sinistre
Sur ces bords désolés a pesé si long-temps,
Veut vous entretenir d'intérêts importants.
Le conseil pense-t-il qu'on le puisse introduire?

BARNEVELDT, après avoir consulté des yeux l'assemblée, s'adressant aux huissiers :

A l'instant même ici vous pouvez le conduire.

UN HUISSIER.

Voici l'ambassadeur.

SCÈNE IV.

LES PRÉCÉDENTS, L'AMBASSADEUR, SUITE.

L'AMBASSADEUR.

Guerriers et magistrats,

Nobles et citoyens, membres de ces états,
Dont les hardis conseils, depuis quatorze années,
Du Batave inquiet règlent les destinées,
Avant tout, permettez à ma sincérité
De rendre un juste hommage à l'intrépidité,
Au génie, aux succès qui, pendant ces trois lustres,
Ont porté votre peuple au rang des plus illustres.
Je l'avoûrai pourtant, la sagesse en secret,
Même en vous admirant, ne voit pas sans regret
L'effort d'une vertu chez vous seuls si commune
S'user à prolonger une grande infortune:
Vous avez du Batave éternisé l'honneur;
Mais ce qu'il gagne en gloire, il le perd en bonheur...

BARNEVELDT.

N'est-il pas libre!

L'AMBASSADEUR.

Non; et votre servitude
A vous-mêmes, seigneurs, ne fut jamais si rude.
Aux fardeaux, sans égard peut-être pour vos droits
Accumulés sur vous par les agents des rois,
Au mépris outrageant pour votre indépendance,
Qu'à vos lois opposait leur coupable imprudence,
Aux maux qu'ont du pouvoir enfantés les erreurs,
Aux fléaux déchaînés sur vous par ses fureurs,
Comparez la valeur de tous les sacrifices
Que vous prescrit la guerre en ses cruels caprices,
Les devoirs, les tributs qui vous sont assignés,
L'éternelle contrainte où vous vous astreignez,

Et le dommage enfin que même avec la gloire
Aux lieux qu'elle affranchit promène la victoire;
Et voyez si les fers que vous avez brisés
Sont plus pesants que ceux que vous vous imposez.
D'ailleurs, jusqu'à ce jour, qu'ont gagné vos provinces
A rejeter la race et les lois de vos princes?
De joug incessamment on les a vu changer,
Pour retomber toujours sous un prince étranger,
Un tyran, que tantôt leur timide espérance
Empruntait à l'Autriche et tantôt à la France.
Philippe a du passé recueilli quelques fruits.
Comme lui puissiez-vous, par vos malheurs instruits,
A travers tant d'excès, vers un bien véritable
Avoir marché, conduits par un mal profitable.
A vos ressentiments aussi mettez un frein.
Ne fermez plus l'oreille à votre souverain,
Qui par ma voix, ici, vous rappelle et vous jure
Respect pour tous vos droits, oubli pour toute injure;
Et, quand tout vous trahit, vous offre encor l'appui
Qu'en vain de cours en cours vous cherchez contre lui.

BARNEVELDT.

Ministre de Philippe, en nos malheurs extrêmes,
Notre plus ferme appui fut toujours en nous-mêmes;
S'il nous faut retourner à de nouveaux combats,
Cet appui, croyez-moi, ne nous manquera pas.
Nous désirons la paix toutefois, mais durable,
Mais consacrant nos droits par un pacte honorable;
Mais nous donnant le roi même pour défenseur

Contre un d'Albe, un Granvelle, ou tout autre oppresseur.
Si tel est le traité conçu par votre maître,
Expliquez-vous, après nous avoir fait connnaître
Quel garant de sa foi nous répond aujourd'hui.
On peut en exiger quand on traite avec lui.

L'AMBASSADEUR.

Sa parole royale.

BRÉDÉRODE.

Et c'est sur un tel gage...

L'AMBASSADEUR.

Le refuser, aux rois ce serait faire outrage.

BARNEVELDT.

Bien loin de le penser, je les veux pour garants.
Est-ce outrager les rois que douter des tyrans?

L'AMBASSADEUR.

A l'exemple du roi qu'ici je représente,
Inaccessible aux traits d'une audace imprudente,
Sur le fait qu'aux soupçons elle ose signaler,
C'est à Nassau lui seul que j'en veux appeler.

BARNEVELDT.

Qu'il parle.

GUILLAUME.

Si j'accède aux vœux qu'il vient d'émettre,
Philippe entre mes mains l'autorise à remettre
Mon fils depuis quinze ans retenu prisonnier.
Si je parle, approuvez que ce soit le dernier.

BARNEVELDT.

Non, prince; le conseil ne sera pas complice

De l'injure qu'ici vous fait votre injustice :
Certain qu'en votre cœur le sang, même une fois,
Ne peut pas du devoir intimider la voix,
C'est votre avis, Nassau, qu'il veut d'abord entendre.

GUILLAUME.

Fortifiez, grand Dieu, ce cœur débile et tendre.
Pour vaincre le penchant dont il est combattu
Plus que d'honneur encor j'ai besoin de vertu;
J'en aurai. Repoussant un souvenir sinistre,
Peut-on croire qu'au vœu porté par un ministre
Philippe se rattache avec sincérité ?
Croyons plutôt qu'instruit par la nécessité,
Et cachant ses projets sous une autre apparence,
Il change de langage et non pas d'espérance.
Pour moi, je l'avoûrai, je ne puis concevoir
Qu'un despote vieilli dans l'abus du pouvoir,
Dépouillant tout-à-coup l'orgueil du diadème,
Puisse ainsi franchement se condamner lui-même,
Surtout lorsque sa foi, consacrant ses erreurs,
En vertus à ses yeux transforme ses fureurs.
Jugez Philippe : en vain tous les rois de la terre
Se porteraient garants du remords salutaire
Qui soudain, de son cœur amollissant l'airain,
Change en roi généreux ce cruel souverain,
S'il n'est que cette voix qui de lui me réponde ;
Si la joie à grands cris, de tous les points du monde,
En proclamant l'exil des noirs inquisiteurs,
Ne ferme pas la bouche à ses accusateurs ;

Si la paix de la terre enfin ne nous oblige
A croire au changement qu'atteste un tel prodige,
J'affirme que Philippe est, malgré ses discours,
Ce qu'il fut de tout temps, ce qu'il sera toujours,
Un tyran à la fois fier et pusillanime
Qui, vantant la justice en commandant le crime,
Et parfois traître même à son propre intérêt,
Des talents qu'il n'a pas persécuteur secret,
Au rang des grands forfaits place les grands services,
Et punit les vertus plus souvent que les vices.
Pour son orgueil, instruit à ne rien épargner,
Gouverner c'est proscrire, opprimer c'est régner;
Et tout roi doit compter parmi ses priviléges
La fraude, le parjure et tous les sacriléges;
* Et dans la profondeur de son palais désert,
* A ses complices même avec peine entr'ouvert,
* Et d'où, comme chez lui, sa fureur insensée
* Chez nous prétend régner jusque sur la pensée,
* Si je ne l'entends pas à ses nobles bourreaux
* Dicter ou des arrêts ou des forfaits nouveaux,
* Je le vois, effrayé des horreurs qu'il médite,
* Je le vois assailli des tourments qu'il mérite;
* S'agitant, sans pourtant pouvoir s'en garantir,
* Sous le poids du remords, mais non du repentir,
* A la religion, que cet espoir blasphème,
* Demander en sa crainte appui contre lui-même;
* Aux pieds d'un prêtre obscur, son tyran désormais,
* Acheter un pardon qu'il n'accorda jamais,

* Et livrer, en rachat de son âme exécrée,
* Ses sujets aux bûchers de la terreur sacrée.
Et sur sa foi royale on s'en reposerait!
Insensé mille fois celui qui l'oserait.
Pour lui, de l'avenir inutile interprète,
Le passé se tait donc, la tombe est donc muette.
De ses flancs échappés ces proscrits que je vois,
D'Egmont lui-même en vain élève donc la voix[21]!
Entendez-la : « Sénat, en mon espoir frivole,
« De Philippe, dit-il, j'en ai cru la parole.
« Vois ma famille en pleurs; vois mon épouse en deuil;
« Vois ma sentence écrite encor sur mon cercueil.
« Le pacte qu'à conclure aussi tu te disposes
« N'est pas moins sanglant : lis, et conclus si tu l'oses. »
Ah! plutôt à travers leurs remparts entr'ouverts,
Envahissant nos champs qu'il a jadis couverts,
Vissions-nous l'océan ressaisir la patrie
Que sur les flots jaloux conquit notre industrie!
Nul pacte avec Philippe.

L'AMBASSADEUR.

Un tel emportement
Ne saurait du conseil avoir l'assentiment.
En jurant à Philippe une haine implacable,
Il sait qu'envers le peuple il se rendrait coupable
Du retour des malheurs qu'on pourrait prévenir,
Et qu'en lettres de sang vous prédit l'avenir,
Il sait qu'enfin mon roi, dans une paix profonde,
Souverain absolu de la moitié du monde,

Du poids de son pouvoir, qu'il songe à rassembler,
Désormais à loisir pourrait vous accabler.
Philippe eut des erreurs : mais quel roi ne s'égare?
Philippe eut des erreurs: mais quand il les répare,
Quand d'un peuple qu'il aime il veut se rapprocher,
Est-ce bien le moment de lui rien reprocher?
Vous n'aurez pas ce tort. Non, le temps et la haine
N'ont pas encor brisé cette invisible chaîne
Qui, malgré leurs discords, de ses anneaux d'airain,
Lie en secret un peuple à son vrai souverain.
Vous n'aurez pas ce tort: j'en prends à témoignage
Ces nobles écussons, cette royale image,
Et ce sceau dont l'empreinte à votre autorité
Prête encor tous les droits de la fidélité.
A leur aspect le doute en mon cœur se dissipe.
Ils répondent pour vous...

GUILLAUME, vivement.

Nul pacte avec Philippe!
A ses discours trompeurs, seigneurs, si vous cédiez,
Y gagneriez-vous rien que vous ne possédiez,
Rien que n'ait à vos droits rendu votre courage?
Amis, si le tyran change enfin de langage,
Croyez-moi, c'est qu'enfin, jugeant mieux des objets,
Il pressent la grandeur de ses anciens sujets;
Mais, loin de rien vous rendre, il veut tout vous reprendre;
Tout, jusqu'à l'avenir où vous pouvez prétendre.
Sur l'océan, d'où l'ont exilé les revers,
Un empire flottait entre deux univers:

En fuyant l'esclavage à travers la tempête,
Votre intrépide audace en a fait la conquête,
Et déjà vous promet des amis, des vassaux
Partout où la fortune a poussé vos vaisseaux :
C'est ce qu'à vous ravir en secret il aspire;
Des mers sa politique ici poursuit l'empire,
Et par de faux bienfaits s'efforce d'acquérir
Les biens que sa rigueur vous a fait conquérir.
Mais vous la déjouerez sa perfide espérance :
En ses traités d'ailleurs peut-on prendre assurance?
Son intérêt lui seul les brise ou les prescrit.
Devant Dieu, sur l'autel, ne fut-il pas écrit
Le traité trois fois saint dont la longue durée
Par Philippe et par nous avait été jurée?
Ressaisis de nos droits, nous saurons les garder.
Si Philippe à combattre ose se hasarder,
Au fond de nos marais, avec Dieu seul pour aide,
Nous l'attendrons encor sous les remparts de Leyde.
L'Espagnol y campa : des ossements blanchis,
Voilà tout ce qui reste en nos champs affranchis
De ces tyrans pour nous plus cruels que les ondes,
De ces tyrans, soldats du tyran des deux mondes.
Nul pacte avec Philippe!

L'AMBASSADEUR.

Arrêtez; et pensez
Au courage espagnol qu'ici vous offensez.
Trois fois à votre race il fut déjà funeste.

GUILLAUME, aux états.

Signez la paix, je pars; refusez-la, je reste.

L'AMBASSADEUR.

Eh bien!...

GUILLAUME.

Qui vous retient? n'osez-vous achever?
Je sais d'où naît l'espoir qu'on vous voit conserver;
La raison même au fait ne saurait s'en défendre :
Par des ménagements que j'ai peine à comprendre,
Sur la toile à nos yeux le tyran retracé
Règne encore en ces lieux d'où nous l'avons chassé;
Et la loi qu'il invoque après l'avoir enfreinte
De son sceau garde encor l'injurieuse empreinte [22].
Ces symboles menteurs l'ont trop favorisé :
Ainsi que son portrait, que son sceau soit brisé;
Et sur le trône, au lieu de son image en cendre,
Que la loi monte enfin pour n'en jamais descendre *.

L'AMBASSADEUR.

Trop long-temps, de mon maître abaissant la fierté,
J'ai de tous ces discours souffert la liberté.
Sénateurs, à la paix vous incliniez naguère;
Ou la guerre, ou la paix : qu'acceptez-vous?

LE CONSEIL ENTIER, en se levant.

La guerre.

L'AMBASSADEUR.

Vous l'aurez.

(Le conseil sort.)

* Voir la variante.

SCÈNE V.

GUILLAUME, L'AMBASSADEUR, GOMEZ, SUITE.

L'AMBASSADEUR.

A ce trait me serais-je attendu?
Est-ce ainsi qu'à nos vœux vous avez répondu?
Mais avant peu, Guillaume, une douleur amère...
Buren est votre fils.

GUILLAUME.

La Hollande est ma mère.

(Il sort.)

SCÈNE VI.

L'AMBASSADEUR, SUITE.

L'AMBASSADEUR.

Plus de pitié! Sachons quels effets a produits
Le zèle des agents à ma suite introduits.
Voyons surtout Gerrard; employons sa faiblesse;
Et mettons à profit les moments qu'on nous laisse.

FIN DU TROISIÈME ACTE.

ACTE QUATRIÈME.

Décoration des premiers actes.

SCÈNE I.

L'AMBASSADEUR; BARNEVELDT, ROUBAIS, BRÉDÉRODE, MEMBRES DES ÉTATS; GOMEZ.

L'AMBASSADEUR.

L'affront aujourd'hui fait à mon auguste maître
De ceux qu'il doit venger est le plus grand peut-être.
Le peuple en sa fureur n'eût pas été plus loin;
Il eût de l'avenir pris aussi peu de soin.
Sages, qui, disputant avec lui d'imprudence,
Vous croyez si certains de votre indépendance,
Ouvrez enfin vos yeux par la haine aveuglés;
Voyez où tend l'écart de vos pas déréglés.
Du chef que vous suivez avec tant d'assurance,
Voyez, vous dis-je, où tend la secrète espérance.

BARNEVELDT.

Ses projets sont connus comme approuvés par nous.
Son espérance aspire où nous aspirons tous.

Son espérance aspire à finir un ouvrage
Qu'en vain sans sa constance eût tenté son courage.

L'AMBASSADEUR.

Rival de ces tyrans qu'il feint de dédaigner,
Son espérance aspire à régner.

BARNEVELDT.

A régner!

BRÉDÉRODE.

Nassau! Qu'osez-vous dire, et que viens-je d'entendre?
Nassau voudrait régner? Nassau pourrait prétendre...

BARNEVELDT.

Qui l'a dit vous abuse, ou pour nous diviser
Vous-même, en ce moment, vous voulez m'abuser.
L'ignorez-vous? Nassau, lassé des injustices
Dont tantôt même encore on payait ses services,
Allait chercher la paix sur des bords étrangers,
Quand par ma voix instruit de ces nouveaux dangers,
N'écoutant que le cri des communes alarmes,
Plus que jamais fidèle, il a repris les armes.

L'AMBASSADEUR.

Mais parmi les soldats, parmi les citoyens,
Ses amis cependant lui cherchaient des soutiens;
Mais, agent d'une trame aux murs d'Anvers formée,
Ses complices en hâte arrivaient de l'armée.
Dans une heure, ici même, ils vont lui commander
D'accepter un pouvoir qu'il n'ose demander.
Le chef de vos soldats, devenus vos arbitres,
Dans une heure à Nassau va conférer les titres

Qu'au fils de Charles-Quint vous avez retirés;
Et des malheurs sur vous, par vous-même attirés,
Le plus prompt, le plus grand, ainsi que le plus juste,
C'est de voir votre égal, assis au rang auguste
Dont vous déshéritez les Hapsbourg[23], les Valois,
Proclamer l'état libre en renversant ses lois.

BRÉDÉRODE.

Mais quelle preuve enfin...?

L'AMBASSADEUR.

Cet écrit vous la donne.
Il vient du camp.

BARNEVELDT.

Donnez.

L'AMBASSADEUR.

Ce projet vous étonne.
A quel autre intérêt prêter les attentats
De ces réformateurs sitôt rois des états
Qu'ils juraient d'affranchir jusque dans leur essence?
Sans la régénérer déplaçant la puissance,
Que font-ils qu'attirer en de moins dignes mains
Le droit mieux affermi d'opprimer les humains?
Guillaume eut de tout temps ce projet : il l'achève.

ROUBAIS.

Au-dessus de la loi l'imprudent qui s'élève,
Hors de la loi lui-même à l'instant s'est placé.
Qu'il tremble!

BRÉDÉRODE.

Tout courage en nous n'est pas glacé.

Qu'il m'arrache la vie, ou bien qu'il se souvienne
Qu'au faîte du pouvoir César perdit la sienne.

BARNEVELDT.

Meure comme César quiconque en ses projets
Dans ses concitoyens ose voir ses sujets!
J'ai secondé Nassau; je l'admire, je l'aime :
Mais s'il pensait ainsi, meure Nassau lui-même!
Quoi! la soif du pouvoir, l'amour de la grandeur,
De sa belle âme auraient corrompu la candeur!
Ses vertus ne seraient que des vertus factices,
Et sa simplicité qu'un tissu d'artifices!
Par ses exploits il faut compter ses attentats!
Quoi! Nassau, descendant au rang des potentats,
Sur son front dégradé poserait la couronne!
S'il se pouvait!... C'est peu qu'à l'instant j'abandonne
Un ami que mon cœur ne peut plus estimer;
Pour le punir, ainsi que pour le réprimer,
Si la rigueur des lois, toujours insuffisante,
N'oppose à ses forfaits qu'une hache impuissante,
Je permets au poignard de nous rendre des droits
Qu'en vain nous n'avons pas reconquis sur les rois,
Cent fois moins criminels, à mon avis, qu'un traître
Qui se dit mon égal en se faisant mon maître.

(Ils sortent.)

SCÈNE II.

L'AMBASSADEUR, GOMEZ, SUITE.

L'AMBASSADEUR.

A leur fureur sans doute il n'échappera pas.
Un autre piége encor doit s'ouvrir sous ses pas.
Qu'avez-vous fait, Gomez?

GOMEZ.

J'ai réveillé la haine
Des secrets partisans de l'église romaine.
Pour elle c'est servir que ne pas commander.
Tout haut l'entendez-vous déjà redemander
De notre sainte foi les anciens priviléges
Que Guillaume abrogea par ses lois sacriléges?

L'AMBASSADEUR.

Pourrait-il résister à l'effort concerté
Des soldats de l'église et de la liberté?
Le voilà donc proscrit par Utrecht [24] et par Rome!
Moitié moins suffirait pour perdre un plus grand homme.

GOMEZ.

Sur le ciel pour le reste on peut s'en reposer.
Partons, seigneur.

L'AMBASSADEUR.

Gomez, qu'osez-vous proposer?
Nassau vit. Ne quittons ces coupables murailles

Qu'aux accents de l'airain sonnant ses funérailles.
D'ailleurs tout est prévu, mais non pas accompli.
Mon ministère entier n'est pas encor rempli.
Ne suis-je point légat du pontife suprême?
N'y dois-je pas traiter au nom de Dieu lui-même?
Demain nous partirons : agissons aujourd'hui.
Quelqu'un vient. C'est Gerrard. Qu'on me laisse avec lui.

SCÈNE III.

L'AMBASSADEUR, GERRARD.

GERRARD.

Puissé-je à vos genoux, où je me précipite,
Enfin trouver un terme au transport qui m'agite.
Plus de paix pour mon cœur : dans mon trouble mortel
Vainement je la cherche au pied du saint autel.
Au pied du saint autel, que mon aspect profane,
Sans cesse retentit l'arrêt qui me condamne.
Dieu par le repentir n'est donc pas apaisé?
Dans votre cœur en vain il fut donc déposé,
L'aveu du grand forfait dont la voix obstinée
D'un remords éternel poursuit ma destinée?
Pour l'expier, hélas! que n'ai-je pas tenté!
Voyez ce sein meurtri, ce cœur ensanglanté,
Ce cœur qui, déchiré d'un éternel supplice,
Fatigue en vain la haire, use en vain le cilice.

De désespoir faut-il que j'expire à vos pieds?

L'AMBASSADEUR.

Les crimes avoués ne sont pas expiés.

GERRARD.

Dieu fait miséricorde.

L'AMBASSADEUR.

Oui, Dieu, par indulgence,
Peut dans le repentir trouver la pénitence,
Quand sa grâce au pécheur n'a pas offert l'instant
D'effacer son forfait par un acte éclatant.
Mais cette occasion sans cesse il vous la donne,
Gerrard, et vous voulez que le ciel vous pardonne.

GERRARD.

Hélas!

L'AMBASSADEUR.

Le sang d'un prêtre a rougi votre main :
Vous absoudre n'est pas au pouvoir d'un humain.
Dans le sang infidèle effaçant un tel crime,
Autrefois vos aïeux sous les murs de Solime,
De leurs biens à l'église ayant fait abandon,
Auraient été chercher la mort ou le pardon.

GERRARD.

Ce que Dieu m'a donné, Dieu peut me le reprendre;
Et mes biens et mon sang j'aspire à tout lui rendre;
Mais, contre l'infidèle oppresseur du saint lieu,
Que peut mon faible bras pour la cause de Dieu?

L'AMBASSADEUR.

Ne peut-on le servir qu'aux bords de l'Idumée?

Si d'une ardente foi votre âme est consumée,
Pour le prouver faut-il vous éloigner d'ici ?
Gerrard, tout apostat est infidèle aussi.
Nassau ne l'est-il pas ? Dieu jamais ne pardonne
A l'ingrat qui connut son culte et l'abandonne.

GERRARD.

Les égards qu'il accorde aux sentiments d'autrui,
Nassau ne peut-il pas les réclamer pour lui ?
S'il méconnaît les droits du prince des apôtres,
A ses erreurs du moins n'astreint-il pas les autres.
Plaignons-le, gémissons sur son triste avenir,
Sans disputer à Dieu le droit de le punir.

L'AMBASSADEUR.

Pour la cause de Dieu voilà donc votre zèle ?
C'est ainsi qu'à sa loi vous vous montrez fidèle !
Au lieu de l'arracher, d'une imprudente main
Cultivez donc l'ivraie au milieu du bon grain [25].
Comme l'herbe maudite, à l'éternelle flamme,
Pécheur impénitent, j'abandonne votre âme.
Je ne vous ferme plus l'abîme où vous roulez :
Perdez-vous à jamais puisque vous le voulez.

GERRARD.

De son doigt redoutable autrefois Dieu lui-même
Marquait le réprouvé du sceau de l'anathème :
Pour tel comment Guillaume à mon bras indigné
Par le pontife encor n'est-il pas désigné ?
Qu'au moins sa voix me guide en cette horrible route.
Incité par la foi, retenu par le doute,

Je l'avoûrai, cent fois je me suis demandé
Si le meurtre par Dieu peut être commandé ?
De Clément cinq pourquoi ne suit-on pas l'exemple [26] ?
Sa foudre avait marqué les chevaliers du Temple,
Quand les rois ont tonné sur cet ordre apostat,
Signalé par l'église aux rigueurs de l'état.
Pour sa cause le ciel veut que je me dévoue ;
Que le ciel pour vengeur et m'appelle et m'avoue ;
Que par l'église enfin son décret proclamé
Légitime l'ardeur dont je suis enflammé.
Cette ardeur de l'opprobre est surtout ennemie :
J'accepte le martyre, et non pas l'infamie.

L'AMBASSADEUR.

Animé d'un amour plus saint, plus épuré,
Vous marcheriez au but d'un pas plus assuré ;
De ce siècle immolant l'opinion frivole
A ce Dieu qui pour vous à chaque instant s'immole,
A ce Dieu qui pour vous ici-bas descendu,
A la croix douloureuse expira suspendu !
Mais vous voulez qu'il parle. Eh bien ! homme incrédule,
Il veut bien dissiper votre imprudent scrupule :
De ce lieu, pour l'instant, ne vous éloignez pas.

(Il sort.)

SCÈNE IV.

GERRARD.

Fuyons plutôt. Grand Dieu! guide et soutiens mes pas,
Égarés dans la nuit, sur les bords de l'abîme!
J'ai besoin d'expier un crime, un bien grand crime;
Mais, dis, à sa justice aurai-je satisfait,
Si l'expiation n'est qu'un nouveau forfait?...
Fuyons : loin de ces bords tout aujourd'hui m'exile.
Aux murs d'un cloître allons demander un asile...
Hélas! c'est dans la tombe, et non dans leur prison,
Qu'habite le repos qu'implore ma raison.
Là, plus d'anxiétés, plus d'erreurs, plus de doute.
Faut-il donc s'y traîner par la plus longue route?

SCÈNE V.

GERRARD, GUILLAUME, SUITE dans le fond.

GERRARD.

Qui vient? Dieu! c'est Nassau.

GUILLAUME à sa suite.

Mes amis, laissez-nous.
Vous, Gerrard, demeurez.

GERRARD.

Qui, moi, prince?

GUILLAUME.

Oui, vous.
Vous le savez, ami, tout l'espoir de Philippe
En prière, en menace aujourd'hui se dissipe.
L'Espagnol vers nos bords de nouveau va marcher;
Mais dans ses murs lui-même on peut l'aller chercher.
J'y suis prêt. Toutefois, avant de reparaître
Aux champs où mon tombeau s'ouvre déjà peut-être,
De l'état menacé par de secrets complots
Je dois, je veux, Gerrard, assurer le repos.
Rome est à craindre encor : sa fière intolérance
De nous rendre à son joug ne perd pas l'espérance;
Sans cesse elle y travaille, et Philippe aujourd'hui
Pour s'en faire appuyer lui prête son appui.
Ne perdons pas de temps; par notre diligence,
Déconcertons l'effet de leur intelligence.
De toute liberté je suis le défenseur :
Secours à l'opprimé, mais guerre à l'oppresseur!
La foi de l'honnête homme, et c'est la nôtre, improuve
Tout ce qu'un esprit droit, un cœur droit désapprouve.
Mettons donc notre adresse et notre activité
A réprimer sans bruit, et dans l'obscurité,
Les projets qu'un parti doublement fanatique
Ourdit incessamment contre la république.
Dès qu'en Brabant la guerre aura pu m'arrêter,
Dans toute la Hollande ils doivent éclater :
Que notre vigilance aussi loin qu'eux s'étende;
Que leurs agents surpris dans toute la Hollande

Prouvent que le pouvoir qu'ils voudraient abroger
Suffit à les punir comme à les protéger.

GERRARD, à part.

Quel désastre, grand Dieu, menace ton église!

GUILLAUME.

Pourquoi ce trouble, ami!

GERRARD.

Tout, hélas! l'autorise.

GUILLAUME.

Pour concerter avec les divers magistrats
Les effets de cet ordre émané des états,
Il fallait un agent adroit, discret, fidèle.
Je me suis fait garant de vous, de votre zèle.
Vous partirez. Venez recevoir de ma main
L'ordre qui doit partout vous ouvrir le chemin.
Ce périlleux trajet le ferez-vous sans arme?

(Il détache des pistolets de l'un des faisceaux qui ornent la salle.)

Prenez les miennes.

GERRARD.

Dieu!

GUILLAUME.

Prenez. Qui vous alarme?

GERRARD.

Ne l'avez-vous pas dit? le péril est instant,
Prince.

GUILLAUME.

Hâtez-vous donc et partez à l'instant.

GERRARD, vivement.

Jamais.

GUILLAUME.

Qu'avez-vous dit?

GERRARD, se reprenant.

Jamais... la destinée,
A me persécuter toujours plus obstinée,
N'entraîna ma misère en un plus grand danger
Que ceux où votre audace est prête à s'engager.
Affronter Rome!

GUILLAUME.

Eh bien!

GERRARD.

Quelle imprudence extrême!

GUILLAUME.

L'affronter, est-ce donc affronter Dieu lui-même?

GERRARD.

Des peuples menaçants outragez tous les droits,
Au milieu de leur cour osez braver les rois,
Prince; mais des enfants de l'église romaine
Gardez-vous, gardez-vous de ranimer la haine.

GUILLAUME.

Faiblesse!

GERRARD, avec chaleur.

En vain Luther a cru l'avoir brisé
Le sceau de ce pouvoir par vous trop méprisé;

La foudre qui grondait sur la montagne sainte,
Au haut du Vatican, la croyez-vous éteinte?
Ne la réveillez pas : par cet accent vengeur
Craignez de rallumer au fond de plus d'un cœur
La foi qui brave tout, le zèle à qui tout cède;
La foi de Jaureguy, la ferveur de Salcède [27],
Qui, teints de votre sang, d'un pas audacieux
Montaient à l'échafaud pour s'élancer aux cieux.
L'homme à craindre est celui qui ne craint pas les hommes.
Il en est, croyez-moi, dans le temps où nous sommes.

GUILLAUME.

Gerrard, il est aussi des milliers de soldats
Prêts à frapper ma tête au milieu des combats;
Dois-je y marcher d'un pas moins rapide et moins ferme?
De notre vie, hélas! Dieu seul connaît le terme.
Le dernier de nos jours sur son livre est compté.
Quand je fais mon devoir, je fais sa volonté:
Advienne que pourra [28]!

GERRARD.

Lorsque je vous arrête,
De cette volonté je me sens l'interprète.
Au nom de tant d'objets chers à votre amitié,
D'eux et de vous jamais n'aurez-vous donc pitié?
Reprenez, reprenez pour le pouvoir suprême
Le dégoût qui tantôt vous rendait à vous-même.
Lui seul peut vous sauver... Entendez-vous l'airain?
C'est ainsi qu'il gémit au deuil d'un souverain;

Ainsi qu'il mugira lorsque dans son refuge
Il citera l'impie attendu par son juge.

SCÈNE VI.

LES PRÉCÉDENTS, LOUISE.

GERRARD, continuant, à Louise, qui entre.

Venez, venez, madame; en ce moment d'effroi,
Pour sauver votre époux unissez-vous à moi.
Je ne sais quel génie à sa perte l'entraîne:
S'il n'y résiste pas, madame, elle est certaine.

LOUISE.

Où courent en effet ces citoyens troublés?
Votre nom retentit dans leurs cris redoublés.
Vient-on vous attaquer jusqu'en votre demeure?

GERRARD, prenant un pistolet qui se trouve sur la table.

Une arme! une arme! ô ciel, fais qu'aujourd'hui je meure!...
(à Guillaume.)
Je bénis ses décrets, je bénirai ses coups,
Si j'expire à vos pieds en combattant pour vous.

GUILLAUME.

Calmez, amis, calmez cette terreur profonde;
Nassau peut-il jamais craindre Sainte-Aldegonde?

SCÈNE VII.

GUILLAUME, SAINTE-ALDEGONDE, GERRARD; SOLDATS, PEUPLE, sur le devant de la scène; et dans le fond, L'AMBASSADEUR, BARNEVELDT, BRÉDERODE, ROUBAIS, ET AUTRES MEMBRES DES ÉTATS.

GUILLAUME.

Mais, après lui, pourquoi ce peuple, ces soldats?
Que veut-il?

SAINTE-ALDEGONDE.

Mettre un terme à de trop longs débats.
Comme en ces murs, au camp on n'a pas vu sans peine,
Depuis plus de quinze ans la Hollande incertaine,
Contre son oppresseur forte et faible à la fois,
Lui conserver un rang dont il n'a plus les droits,
Et caresser ainsi la funeste espérance
Qui nourrit sa fureur et sa persévérance.
Le mal touche à son terme; un décret solennel
A renversé l'idole au pied de son autel :
Mais l'autel est debout; mais l'idole, en disgrâce,
Peut conserver l'espoir de reprendre sa place,
Et sur ses pieds d'argile un jour se relever.
C'est ce dernier espoir qu'il lui faut enlever;
C'est ce dernier espoir qu'il faut surtout abattre

Au cœur de son parti, qui fuirait, sans combattre,
Aussitôt que le trône, à son maître échappé,
Par un de nos héros se verrait occupé.
De ce trône, où je vois l'empreinte de la honte,
Régénérons l'honneur : qu'au vieux titre de comte,
Si long-temps odieux au Batave irrité,
La vertu rende enfin sa vieille autorité.
Le droit de gouverner cette terre affranchie
N'est plus un droit du sang ; c'est un droit du génie.
Du tyran qu'aujourd'hui ce droit soit transporté
Au plus ferme soutien de notre liberté :
Que Nassau règne, enfin ! Bien que je le désigne,
Un autre aura mon choix, s'il en est un plus digne.
Mais je vois dans les yeux de chaque citoyen
Que le vœu général s'accorde avec le mien,
Avec la volonté sous ce pli renfermée :
Nassau, souscrivez-y ; c'est celle de l'armée.

(Il lui remet une lettre.)

GUILLAUME.

Qui ? moi ! que j'y souscrive ! et de quel droit, soldat,
Oses-tu décider du destin de l'état ?
De quel droit notre armée ainsi dispose-t-elle
Des biens du peuple entier par vous mis en tutelle ?
Ah ! plus j'y pense, et plus j'ai lieu de m'étonner !
Faite pour obéir, l'armée ose ordonner !
Nos états, fatigués de leur indépendance,
Vous ont-ils investis de toute leur puissance,
Et du droit qu'usurpa l'orgueilleux souverain

Qui nous dictait des lois les armes à la main?
Mais, l'eussiez-vous ce droit, je n'ai rien à vous dire,
Si ce n'est qu'à vos lois je ne saurais souscrire.
De Philippe accepter l'héritage aujourd'hui,
N'est-ce pas se montrer plus lâche encor que lui?
N'est-ce pas avouer qu'épris du rang suprême,
Au nom du peuple, enfin, j'agissais pour moi-même?
J'agissais pour toi seul, peuple! reprends tes droits :
Pour toi les rois sont faits, et non toi pour les rois.
Moi votre comte, moi! de l'état je suis l'homme.
D'un plus beau nom jamais se peut-il qu'on me nomme?
J'en connais tout le poids, et je le soutiendrai;
J'en connais tous les droits, et je les maintiendrai [29].
Retournez à l'armée; et là, si leur estime
Veut bien dans votre erreur ne pas trouver un crime,
Attendant des états les ordres absolus,
Contents d'exécuter, ne délibérez plus.

BARNEVELDT, *à l'ambassadeur.*

Vous l'avez entendu, vous à qui j'en appelle.
La république a-t-elle un soutien plus fidèle?

L'AMBASSADEUR. *(Ils s'avancent sur le devant de la scène.)*

Non, sans doute.

BRÉDÉRODE.

Ah! combien j'abjure avec horreur
Le soupçon qu'a tantôt accueilli mon erreur!
Ah! contre moi plutôt cent fois tourner ma rage,
Que de frapper ce cœur où l'honneur, le courage,
Où toutes les vertus qui font un chevalier,

Dans un républicain sont venus s'allier!

BARNEVELDT.

Ainsi que lui, Nassau, j'abhorre une injustice
Dont mon aveuglement fut aussi le complice;
Puissent par mes regrets mes torts être expiés,
Mes torts qu'en t'admirant je confesse à tes pieds.

GUILLAUME.

Dans mes bras!... Fermeté vraiment républicaine!
Conservez-la toujours, conservez cette haine
Pour celui qui jamais voudrait exécuter
L'exécrable projet qu'on osait m'imputer.
Mais, ne l'oublions pas, c'est d'un autre esclavage
Qu'il nous faut aujourd'hui défendre ce rivage.
A chaque instant Farnèse a dû s'en rapprocher.
Partons; à sa rencontre il est temps de marcher.

LE PEUPLE.

Partons!

L'AMBASSADEUR.

Arrêtez, prince. Avant que je vous quitte,
D'un grand devoir il faut aussi que je m'acquitte.

GUILLAUME.

Faites.

L'AMBASSADEUR.

Je n'ai pas vu non plus sans l'admirer
L'élan qu'un grand courage a su vous inspirer.
Ce qu'on vous voit oser pour une injuste cause,
Pour une cause juste approuvez que je l'ose;
Et que je fasse autant quand je défends leurs droits,

Que vous quand vous bravez et l'église et les rois.

(Il ôte son manteau, et se montre vêtu de la pourpre des cardinaux.)

Borgia quitte enfin l'habit qui le déguise;
Ministre de l'Espagne et prince de l'église,
Il saisit le moment où, dans tout son éclat,
L'ambassadeur enfin peut agir en légat.
Investi du pouvoir et des uns et des autres,
Au nom des successeurs du prince des apôtres,
Au nom des souverains, dont vous bravez les lois,
Il va donc vous parler pour la dernière fois.
Nassau, par le mépris de toute obéissance,
Coupable envers ton Dieu d'où vient toute puissance,
Rebelle envers ton roi, toujours comte en ces lieux,
Déserteur des autels qu'encensaient tes aïeux,
Et responsable au ciel, pour comble de disgrâce,
Des crimes de ce peuple égaré sur ta trace;
Si, réclamant soudain pitié pour ton erreur,
Tu ne détournes pas la céleste fureur,
Dans ses égarements si ton cœur persévère,
Moi, des décrets du prince interprète sévère,
Je te déclare exclu du rang des citoyens,
Déchu de tous tes droits, privé de tous tes biens,
Te livrant comme traître au vengeur légitime
Qui voudra s'ennoblir en punissant ton crime.
De plus, au nom de Dieu qui fait régner ces rois
Dont ta rebelle audace a méconnu les droits,
Fidèle organe aussi du pontife suprême,
Je lance contre toi le terrible anathème

Par qui l'Hébreu parjure, autrefois poursuivi,
S'est vu livrer au fer des enfants de Lévi[30],
Promettant à quiconque aura suivi l'exemple
De ces cœurs dévorés de la ferveur du temple[31],
Avec le plein pardon qui le déchargera
Des péchés qu'il a faits, des péchés qu'il fera,
Richesses pour les siens, honneur pour sa mémoire,
Et la droite de Dieu dans l'éternelle gloire.

GUILLAUME, froidement.

Que ce double décret partout soit publié.
En Hollande peut-être avions-nous oublié
Ce qu'à Rome on entend par charité chrétienne,
Il importe à l'état que chacun s'en souvienne.

BRÉDÉRODE.

Comme il importe au peuple en ces lieux réuni
Qu'un outrage aussi grand ne soit pas impuni.

GUILLAUME.

Non, des ambassadeurs, même en ce sacrilége,
Bataves, respectons le sacré privilége.

BRÉDÉRODE.

Vous a-t-il respecté?

GUILLAUME.

Songez qu'il est chez moi.
Songez qu'avec la vôtre il a reçu ma foi.
Sortez. Pour le départ que tout soldat s'apprête;
Vous, Gerrard, suivez-moi.

(Il rentre dans l'intérieur, en couvrant Borgia de tout son corps; les autres acteurs sortent par les arceaux ouverts sur la place.)

GERRARD, qui ne s'est pas dessaisi de son arme, et dans le plus grand trouble.

Qu'est-ce encor qui m'arrête?
La sentence est portée... O ciel! tu le permets :
Tu le veux... Eh bien! soit... Marchons!... Jamais... Jamais!

(Il s'enfuit.)

FIN DU QUATRIÈME ACTE.

ACTE CINQUIÈME.

SCÈNE I.

GUILLAUME, JACOB DE MALDRE[32].

GUILLAUME.

Des lenteurs de Gerrard j'ai lieu d'être étonné;
N'a-t-il pas entendu l'ordre que j'ai donné?
Il sait quel intérêt à l'instant le réclame.

DE MALDRE.

Un désordre évident trouble aujourd'hui son âme.
Oui, prince, ou je me trompe, ou quelque affreux dessein
Fatigue sa pensée et fermente en son sein.
D'un esprit malfaisant esclave involontaire...

GUILLAUME.

De secrets importants il est dépositaire.
Peut-être il s'inquiète au moment d'affronter
Les obstacles nouveaux qu'il lui faut surmonter.
Quoi qu'il en soit, ami, c'est un agent fidèle;
Vingt fois depuis un an j'eus recours à son zèle.
Mon espoir jusqu'ici n'a point été déçu,

Et son serment en vain ne fut jamais reçu.
Cherchez-le : qu'il se presse.

(De Maldre sort.)

SCÈNE II.

GUILLAUME, SAINTE-ALDEGONDE.

GUILLAUME.

Allons, la foudre gronde.
C'est la voix de la gloire; allons, Sainte-Aldegonde,
Marchons aux Espagnols d'un pas mieux affermi,
Et qu'à jamais l'état soit ton meilleur ami.

SAINTE-ALDEGONDE.

En te cédant à lui j'ai prouvé que je l'aime
Plus que moi, disons mieux, plus encor que toi-même.
Ah! sans l'égalité s'il n'est pas d'amitié,
Au public intérêt quand j'ai sacrifié
L'appui sur qui la nôtre et vieillit et repose,
Je crois avoir plus fait pour la commune cause,
Ce jour où mon projet fut par toi traversé,
Qu'en cinquante combats où mon sang fut versé.

GUILLAUME.

Plus de maître en ces lieux. Sujet des lois, j'espère
De la patrie un jour être appelé le père :
Encor, si l'on m'en croit, un nom si grand, si beau,
Ne se lira jamais qu'au marbre d'un tombeau.

Vivant, sous le niveau qu'ici chacun s'abaisse :
La liberté périt où l'égalité cesse.

SAINTE-ALDEGONDE.

Plus je t'observe, et plus j'ai peine à concevoir
Qu'un homme sur lui-même exerce un tel pouvoir.
Toujours à la hauteur que le moment réclame,
Où trouves-tu, Nassau, cette égalité d'âme,
Qui, des biens et des maux triomphant sans effort,
T'a maintenu sans cesse au-dessus de ton sort?

GUILLAUME.

Sans effort! Sur soi-même, ami, peux-tu le croire,
Qu'on gagne sans effort la plus faible victoire?
Dans tes vœux quand par moi tu n'es pas écouté,
Penses-tu qu'à mon cœur il n'en ait rien coûté,
Qu'il n'ait à l'amitié fait nulle violence,
Et qu'il ne souffre pas, pour souffrir en silence?

SAINTE-ALDEGONDE.

J'entends. Mais, quant à moi, sache que l'amitié
Dans mes derniers projets n'était pas de moitié.
Je t'aime, je l'avoue, avec idolâtrie,
Mais c'est de tout l'amour que j'ai pour la patrie;
Et lorsqu'au premier rang j'ai voulu t'élever,
Je croyais te servir bien moins que la sauver.

GUILLAUME.

Vraiment! dans mon refus bien que je persévère,
Ami, je dois blâmer d'un accent moins sévère
Une erreur où j'ai dû trouver un attentat
Tant que j'imaginais qu'infidèle à l'état,

Sur la honte, et non pas sur la gloire commune,
Ton amitié coupable élevait ma fortune.
Tu n'étais qu'imprudent! je fus bien rigoureux.
Avec ton vieil ami montre-toi généreux.
Embrassons-nous. On vient... C'est Buren... O supplice!
O mon pays! voici l'instant du sacrifice.

SCÈNE III.

SAINTE-ALDEGONDE, GUILLAUME, BUREN, MAURICE.

BUREN.

Adieu, mon père!

GUILLAUME.

Eh quoi! déjà...

MAURICE.

L'ambassadeur
A presser son départ met une étrange ardeur.

BUREN.

Aux résolutions que lui dicte sa haine,
Vous le savez, mon père, un nœud sacré m'enchaîne.

GUILLAUME.

Je le sais trop, hélas!

MAURICE, avec véhémence.

Sans ce serment fatal...

BUREN.

Je n'eusse pas revu le sol, le ciel natal;

Je n'embrasserais pas un père que j'adore.
Ce serment, je ne puis le détester encore :
Quelques instants du moins il nous a rapprochés.

GUILLAUME.

Mes enfants, les douleurs que vous lui reprochez
De ma volonté seule en effet sont l'ouvrage.
Tu resterais, Buren, si j'avais le courage
De préférer la honte à l'honneur dont la loi
Veut qu'au bien général je t'immole avec moi.

BUREN.

Mon père, en la suivant vous avez été juste ;
Vous avez affermi votre édifice auguste.
Loin d'en gémir, Buren vous conjure aujourd'hui
De n'hésiter jamais entre l'état et lui.
Il y va de l'honneur pour vous et pour moi-même.
Oui, je m'abhorrerais autant que je vous aime,
Si, par mes intérêts jamais embarrassé,
Vous sortiez du chemin que vous m'avez tracé.
Laissez-moi retourner à mon noble esclavage :
Même au prix de mon sang assurez votre ouvrage.
Mon père, il croulerait, et l'on n'en doute pas,
Si vous lui retiriez l'appui de votre bras.
Mais avec lui soudain croulerait votre gloire ;
Et le héros qu'en vous attend déjà l'histoire,
Et d'un peuple opprimé le grand libérateur,
Et d'un nouvel état le plus grand fondateur,
Descendrait au niveau de ces âmes vulgaires,
De ces esprits légers, turbulents, téméraires,

Qui n'ont que trop donné le droit de les punir,
En entreprenant plus qu'ils ne sauraient finir.
Périsse ma fortune, et que l'état prospère!

MAURICE.

A ce grand intérêt immolez tout, mon père!
J'y souscris. Mais du moins, seigneur, ne souffrez plus
Qu'on s'arme contre vous de vos propres vertus.
Que Borgia, trompé dans son lâche artifice,
Veuille changer pour vous un triomphe en supplice,
Et sur l'un de vos fils faire tomber les coups
Que son ressentiment ne peut frapper sur vous,
Je m'en étonne peu : mais pouvez-vous permettre
Qu'entre ses mains mon frère aille ainsi se remettre;
Et, par un faux honneur se laissant emporter,
Redemander des fers qu'il n'eût pas dû porter?

BUREN.

Et mon serment, Maurice!...

MAURICE.

Ah! mon père, à quel titre
Du destin de Buren ce prêtre est-il arbitre?
Quels droits a-t-il sur lui, ce digne agent des rois,
Si ce n'est le mépris du plus saint de nos droits?
Et ce fils qu'à vos bras arracha le parjure
A de semblables droits n'oserait faire injure;
Par un serment surpris il serait arrêté!
Non : tes droits, ton devoir, c'est l'infidélité.
De faux serments Philippe a fatigué le temple.
S'il osait t'accuser, cite-lui son exemple.

BUREN.

Cet exemple est un crime...

GUILLAUME.

Et tu dois l'abhorrer.
Pourrais-tu l'imiter sans te déshonorer?
Non : que le sacrifice en entier se consomme.
Le vrai héros, mon fils, est surtout honnête homme,
Sa parole jamais n'est engagée en vain :
Aussi, sur les esprits régnant en souverain,
Puissant comme l'honneur où son crédit se fonde,
Règle-t-il d'un seul mot l'opinion du monde.

BUREN.

Serait-ce Borgia que j'entends?

MAURICE.

Le voici.

SCÈNE IV.

LES PRÉCÉDENTS, BORGIA, SUITE.

BORGIA.

Prince, rien ne peut plus le retenir ici.
Permettez son départ.

GUILLAUME.

(A un officier, et désignant Borgia.)

Cruel!... De son passage
Écartez par vos soins le danger et l'outrage.

BORGIA.

Venez, comte.

GUILLAUME.

O patrie!

BUREN.

Assistez-moi, grand Dieu!

MAURICE.

Tu pars...

BUREN.

Adieu, mon frère; adieu, mon père.

GUILLAUME.

Adieu!

SCÈNE V.

SAINTE-ALDEGONDE, MAURICE, GUILLAUME, LOUISE. Guillaume, absorbé dans sa douleur, s'est jeté dans un fauteuil.

SAINTE-ALDEGONDE.

Partons : au bruit des camps, au tumulte des armes,
Oublions, s'il se peut, tant de sujets de larmes.

MAURICE.

C'est au sang espagnol à nous payer nos pleurs.

LOUISE, entrant sur ces mots.

Et moi! qui peut me faire oublier mes douleurs?

GUILLAUME.

La fille des héros, femme faible et timide!

LOUISE.

Tantôt je vous montrais un cœur plus intrépide.
Il s'agissait de peine et non pas de danger :
A mon malheur le tien n'était pas étranger ;
Il nous réunissait. Ah ! je te le déclare,
Je ne vois de malheur que ce qui nous sépare.
Le reste je le puis supporter sans effort ;
Et la terre d'exil où m'appelait ton sort
Épouvantait bien moins ma tendre prévoyance
Que ces champs où l'honneur rappelle la vaillance.
Et pour moi désormais que de sujets d'effroi !
Tes jours non seulement sont proscrits par un roi ;
Mais, des fureurs de Rome exécrable interprète,
Un prêtre aux assassins désigne aussi ta tête !
Que devenir ? hélas ! dans tes embrassements
Je n'échappe pas même à mes pressentiments,
A l'horreur qui partout me poursuit et m'oppresse.
Guillaume, elle est extrême ainsi que ma tendresse.
Tout l'excite. Entends-tu ce pontife inhumain ?
Vois-tu le fanatisme un poignard à la main ?
Un peuple de bourreaux à sa voix se rassemble.
Ah ! crains plus chacun d'eux que tous les rois ensemble.
L'effroyable transport dont leur cœur est rempli
Par aucune pitié ne peut être affaibli ;
C'est lui qui, dans la France, un moment leur repaire,
Au faîte de sa gloire assassina mon père ;
C'est lui qui, dans Anvers, contre ton propre sein
A deux fois dirigé les coups de l'assassin.

Dans ce moment peut-être arme-t-il le barbare
Qui d'une main plus sûre à frapper se prépare.

SCÈNE VI.

LES PRÉCÉDENTS, DE MALDRE.

DE MALDRE.

Prince, Gerrard est là.

GUILLAUME.

Plus de retardement.
Qu'il s'arme, et qu'il m'attende en cet appartement,
Que de tous mes secrets j'ai fait dépositaire.

(De Maldre sort.)

(A Louise.)

Je ne sais d'où me vient ce trouble involontaire.
Loin de toi la terreur ne saurait me troubler,
Mais près de ce qu'on aime on apprend à trembler.
Où serait en effet l'appui de ta détresse,
Si, renversé du coup prévu par ta tendresse,
Comme ton noble père à tes yeux massacré,
J'expirais sans honneur sous le couteau sacré?...
Quel doute injurieux ta frayeur me suggère!
Ma femme en mon pays serait-elle étrangère?
N'y tiens-tu pas de tous les nœuds par qui j'y tiens?
Mes amis, mes enfants ne sont-ils pas les tiens?
Et la reconnaissance où j'ai droit de prétendre,

Sur toi le peuple aussi ne doit-il pas l'étendre ?
Il entendra mes vœux : je la lègue à tes soins;
Console ses douleurs et préviens ses besoins;
De ton Guillaume en elle honore la mémoire,
Charge-toi de ma dette, ô peuple, et mets ta gloire
A lui payer enfin, si tu veux m'acquitter,
Tout ce qu'en ce moment je voudrais mériter.

SCÈNE VII.

LES PRÉCÉDENTS, BARNEVELDT, BRÉDÉRODE, ROUBAIS, OFFICIERS, MEMBRES DES ÉTATS, SOLDATS, PEUPLE.

BARNEVELDT.

Nos soldats, enflammés d'une valeur nouvelle,
Prêts à suivre vos pas où l'honneur les appelle,
Demandent qu'au plus tôt leurs bras soient employés.
Voyez de l'union les drapeaux déployés.
Prête à marcher, l'armée attend son capitaine.

DE MALDRE rentre.

Gerrard est introduit dans la chambre prochaine.

GUILLAUME.

Un seul moment : je cours terminer avec lui.
Ce devoir satisfait, partons, et qu'aujourd'hui
Le jour pour nous se couche au-delà de la Meuse.

(Il sort.)

SCÈNE VIII.

LES PRÉCÉDENTS, EXCEPTÉ GUILLAUME.

BARNEVELDT.

Digne chef d'une race en tout temps si fameuse,
Si loin que toi jamais héros a-t-il porté
L'amour de la patrie et de la liberté!
Grand Dieu! conserve-nous ses conseils, son courage;
Et laisse-lui le temps d'achever son ouvrage.

(On entend une détonation.)

LOUISE.

Quel est ce bruit, grand Dieu!

DE MALDRE, rentrant dans le plus grand trouble.

Jour de crime et d'effroi!
Guillaume expire.

TOUS.

O ciel!

(Louise, Maurice et Sainte-Aldegonde sortent.)

BARNEVELDT.

Et qui l'a frappé?

SCÈNE IX.

LES PRÉCÉDENTS, GERRARD, égaré.

GERRARD.

Moi !

BARNEVELDT.

Toi, Gerrard !

GERRARD.

Moi, vous dis-je, ou plutôt c'est Dieu même.

BARNEVELDT.

Dieu, Gerrard !

GERRARD.

Dieu... L'arrêt de ce juge suprême,
Ainsi que moi tantôt vous l'avez entendu.
Le sang qu'il demandait mon bras l'a répandu.
Pour frapper un tel homme, il fallait une audace...
Je ne l'eus pas toujours... mais le ciel... mais la grâce...
La vertu qu'on retrouve au céleste banquet [33],
Enfin m'ont apporté le don qui me manquait.

BRÉDÉRODE.

Non, tu n'as pas frappé l'ami dont la vaillance
Avec la liberté défendait ta croyance,
Et marquait chaque jour pour toi par un bienfait.
Non, non, tu n'as pas pu le frapper...

GERRARD.

Je l'ai fait.

BARNEVELDT.

Sa raison cède au poids du malheur qui l'accable,
Il s'impute un forfait dont il n'est pas capable.

GERRARD.

Erreur : la foi de Rome en tout temps fut ma foi.
L'Espagne est ma patrie, et Philippe est mon roi.

SCÈNE X.

LES PRÉCÉDENTS, MAURICE.

BARNEVELDT.

Guillaume!

MAURICE.

Il vient, conduit par sa dernière envie,
Exhaler dans vos rangs le reste de sa vie.
(A Gerrard, en faisant signe de l'emmener.)
Assassin! pourrais-tu reparaître à ses yeux?

GERRARD.

Assassin sur la terre, et martyr dans les cieux!

(On l'emmène.)

SCÈNE XI.

LES PRÉCÉDENTS, SAINTE-ALDEGONDE, GUILLAUME.

(Guillaume est appuyé sur lui, et soutenu par de Maldre.)

GUILLAUME, assis.

Élite du conseil, élite de l'armée,
Amis, de vous revoir que mon âme est charmée!
Sur un lit sans honneur je n'expirerai pas :
Je meurs sous les drapeaux, je meurs entre vos bras.
La cour qui m'assassine elle seule est flétrie...
J'espérais être encore utile à la patrie!...
Pauvre peuple! c'est toi qu'en moi l'on veut frapper;
Mais à des nouveaux fers tu sauras échapper.
Jurez-moi son bonheur: c'est jurer ma vengeance...
Entre vous si mon nom maintient l'intelligence,
Quand Barneveldt encor préside vos états,
Quand un autre Nassau marche avec vos soldats,
Ne craignez pas les rois, bravez Madrid et Rome.
Elles perdent l'honneur : vous ne perdez qu'un homme.

(Consternation générale.)

BRÉDÉRODE.

O perte irréparable!

SAINTE-ALDEGONDE.

Oh! de tous les malheurs,

Le seul qui de mes yeux ait arraché des pleurs!

BARNEVELDT.

Qu'il soit vengé!... Nassau, dans la tombe enfermée,
Si ta valeur est morte à jamais pour l'armée,
Qu'au moins ton souvenir, animant nos soldats,
Vive à jamais présent au milieu des combats.
Suspendons aux drapeaux cette écharpe sanglante.

(Il noue au drapeau l'écharpe de Guillaume.)

Qu'inspirant à la fois la rage et l'épouvante,
Ce témoin d'un forfait que nous courons punir
Dans les rangs espagnols nous guide à l'avenir.
GUILLAUME ET LIBERTÉ! voilà pour notre gloire,
Voilà le cri de guerre et le cri de victoire.

FIN DE GUILLAUME DE NASSAU.

NOTES ET REMARQUES

SUR

GUILLAUME DE NASSAU.

[1] PAGE 6.

Qu'ils tentèrent tous deux d'opprimer.

Deux princes furent mis à la tête du gouvernement des Pays-Bas du vivant de Guillaume : l'archiduc Mathias, frère de l'empereur Rodolphe II, et après lui le duc d'Anjou, antérieurement connu sous le nom de duc d'Alençon, et frère de Henri III, roi de France. Don Juan d'Autriche gouverna aussi les dix-sept provinces; mais il y avait été envoyé par Philippe second.

[2] PAGE 7.

Le troisième assassinat qu'on ait tenté sur sa personne.

Guillaume succomba le 10 juillet 1584; en 1582, il avait été atteint d'un coup de pistolet, tiré presque à bout portant par un Biscayen nommé Jauréguy; et en 1583, un Espagnol, Nicolas Salcédo, de concert avec François Baza, Italien, avait conspiré aussi contre les jours de cet infortuné prince. (*Voyez* plus bas les notes 6 et 27.)

³ PAGE 8.

L'archevêque de Malines.

Il est ici question du cardinal de Granvelle. Ce ministre, que Philippe II avait donné pour conseil à Marguerite de Parme, gouvernante des Pays-Bas, fut le provocateur de la révolution qui se manifesta dans ces contrées, tourmentées par son fanatisme et par sa tyrannie. Zélé partisan des doctrines du concile de Trente, pour les faire recevoir dans ces provinces, Granvelle y voulait établir l'inquisition. On ne s'étonne pas qu'un pareil homme se soit fait approbateur du massacre de la Saint-Barthélemi; mais on peut s'étonner qu'il soit recommandé à l'estime des siècles par la *Biographie universelle.*

⁴ PAGE 8.

Je ne crois pas avoir calomnié le nom de Borgia.

Tel était le nom du pape Alexandre VI.

⁵ PAGE 13.

Balthazar Gerrard.

Ce misérable était originaire de Villafans en Franche-Comté. Il nourrissait depuis six ans l'horrible projet qui lui avait été inspiré par l'édit de Philippe, et dans lequel les exhortations des jésuites l'avaient confirmé. On est fâché de voir Alexandre Farnèse complice d'un tel crime.

Le fanatisme seul porta Gerrard à l'acte atroce qu'il expia dans les supplices. Les récompenses qu'il en espérait n'étaient pas de ce monde. Philippe II paya toutefois consciencieusement à la famille de cet assassin les 25,000 écus promis; de plus, il accorda à cette famille roturière toutes les prérogatives qu'avait reçues de Charles VII la famille de la pucelle d'Orléans. Quand la Franche-Comté eut passé, par droit de conquête, sous les lois françaises, M. de Vanolle, intendant de cette province, vengea la noblesse et la morale, en refusant de reconnaître pour valides des titres si horriblement mérités. Il les foula aux pieds, et mit à la taille les héritiers de Gerrard.

Une branche de cette famille était allée s'établir dans les Pays-Bas autrichiens; elle y conserva ses priviléges. Les héritiers de Guillaume de Nassau, qui ont reconnu pour nobles toutes les familles anoblies par les gouvernements auxquels le leur succède, ont ratifié peut-être le prix dont le sang de Guillaume avait été payé.

[6] PAGE 14.

Jauréguy (Jean).

Biscaïen. Il était au service de Gaspard Anastro, banquier d'Anvers; le fanatisme seul le porta aussi au crime où son maître le poussait par intérêt. Philippe avait promis à ce dernier, en cas de réussite, quatre-vingt mille ducats.

7 PAGE 17.

Louise de Coligni.

Fille de l'amiral de ce nom, et veuve du comte de Téligny, qui tous deux avaient été massacrés dans la nuit du 23 au 24 août 1572, fête de la Saint-Barthélemi : elle fut la quatrième femme de Guillaume, et la mère du prince Frédéric-Henri, qui parvint au stathoudérat après la mort du prince Maurice.

8 PAGE 19.

Ce sol s'est abreuvé du sang de mes trois frères.

Ludovic, Adolphe et Henri de Nassau. Ludovic et Henri furent tués en 1574 à la bataille de Mook; Adolphe était mort dès 1568, dans le combat d'Heyligerlée, où il avait reçu le coup mortel de la main du comte d'Aremberg en le lui donnant.

9 PAGE 19.

Adolescent, déjà Maurice ose aspirer
Aux plus brillants destins où l'homme puisse atteindre.

Maurice de Nassau, fils de Guillaume et d'Anne de Saxe, sa seconde femme : il succéda à son père dans le stathoudérat; mais il participa plus à ses talents qu'à ses vertus. Ce défenseur de la Hollande en devint l'oppresseur. Maurice fut un des plus grands capitaines de son temps.

[10] PAGE 20.

Si Buren à Madrid n'était pas en otage.

Philippe-Guillaume, comte de Buren, fils aîné de Guillaume de Nassau, et d'Anne d'Egmont, sa première femme, et filleul de Philippe II : il étudiait à l'université de Louvain en 1567, quand, enlevé par ordre du roi catholique, il fut conduit en Espagne. Pour le préserver de l'hérésie, son scrupuleux parrain le tint enfermé vingt-huit ans dans un château où il n'avait d'autre plaisir que de jouer aux échecs avec le chapelain qui l'instruisait et le capitaine qui le gardait. Celui-ci s'étant permis un jour de mal parler du prince d'Orange, le comte de Buren le jeta par la fenêtre. C'est tout ce qu'il a fait de brillant. En 1595 il recouvra sa liberté, et fut remis en possession de ses biens. En 1606, il épousa Léonore de Bourbon, sœur du prince de Condé, premier prince du sang de France. Il habitait depuis quelques années Bréda, ancien héritage de ses pères. Il mourut à Bruxelles en 1618; et comme il n'avait pas d'enfants, le titre de prince d'Orange, qu'il avait pris à la mort de Guillaume, passa au prince Maurice, qu'il avait institué héritier de ses diverses seigneuries.

[11] PAGE 21.

Barneveldt (Jean d'Olden.)

Grand pensionnaire de Hollande, l'un des hommes qui contribuèrent le plus à consolider en ce pays l'indépendance que Guillaume y avait fondée. Magistrat savant, négociateur adroit, citoyen incorruptible, il servit pendant quarante ans la république, soit dans les conseils, soit dans les ambassades, avec une habileté et une intégrité qui lui avaient acquis un crédit rival de celui du stathouder. Maurice, à l'adolescence duquel il avait pour ainsi dire servi de tuteur, contrarié par ce républicain dans le projet de s'emparer du pouvoir souverain, devint son implacable ennemi et environna sa vieillesse d'outrages et de persécutions. Il avait juré la perte de ce grand homme. Pour l'effectuer, il chercha dans une querelle de religion des moyens que les querelles politiques n'avaient pu lui fournir. Deux opinions opposées sur la grâce divisaient deux théologiens de Leyde, Gomar et Armin. De l'école, ces disputes se propagèrent dans la société, qui se trouva bientôt partagée en deux factions. Barneveldt ayant approuvé les opinions des arminiens, Maurice se prononça pour les gomaristes. La haine qu'il portait au grand pensionnaire l'emporta sur l'indifférence qu'il avait pour ces matières, dont la connaissance ne lui était rien moins que familière. Un synode assemblé à Dordrecht ayant condamné la doctrine des arminiens, Maurice fit arrêter les chefs de ce parti, et Barneveldt, jeté en prison, se vit livré à une commission. Jugé par elle, le père de la patrie fut condamné à perdre la tête sur l'échafaud, comme traître envers la patrie, et aussi *pour avoir contristé au possible l'Église de Dieu*. Ce sont les termes de la sentence. Elle reçut son exécution le 13 mai 1617. Barneveldt avait alors soixante-douze ans. Sa mort est une tache ineffaçable à la mémoire de Maurice, qui en eut moins de regrets que de remords. Cette catastrophe a fourni à Lemière le sujet d'une tragédie, ouvrage austère, où l'on trouve des beautés de l'ordre le plus élevé.

[11] PAGE 21.

Sur les bords de l'Escaut Farnèse a reparu.

Alexandre Farnèse, fils de Marguerite d'Autriche et d'Ottavio Farnèse, duc de Parme et de Plaisance, lequel était fils de Pierre-Louis Farnèse, né d'un mariage contracté frauduleusement avec une dame de Bologne par le cardinal Farnèse, depuis proclamé pape sous le nom de Paul III. Alexandre succéda dans le gouvernement des Pays-Bas à don Juan d'Autriche, qui avait succédé à Marguerite. C'est lui qui ramena sous le joug de Philippe II les provinces catholiques. Ses succès toutefois ne s'étendirent guère au-delà de l'Escaut. Le siége d'Anvers est une des opérations les plus étonnantes dont les fastes de la guerre nous aient conservé le souvenir. Farnèse y renouvela les prodiges qu'Alexandre avait faits au siége de Tyr, et que le cardinal Richelieu reproduisit au siége de La Rochelle. Ses deux incursions en France, l'une en 1590 pour faire lever le siége de Paris, l'autre en 1592 pour faire lever le siége de Rouen, réussirent. Farnèse, comme capitaine, n'eut de rivaux parmi ses contemporains que dans Henri IV et dans Maurice. Il est fâcheux qu'on trouve le nom de ce prince compromis dans toutes les dépositions des assassins qui ont successivement attenté à la vie de Guillaume. C'est à son aïeul le pape Paul III que l'on est redevable de la bulle *in cœna Domini*, qui tous les ans, au jeudi-saint, anathématisait les hérétiques et aussi les rois qui établissaient sur leurs peuples des contributions nouvelles sans l'autorisation du saint-siége. On lui doit de plus la bulle qui approuvait l'institution des jésuites. Clément XIV supprima la publication de la première de ces bulles, et révoqua celle qui instituait les jésuites; mais Pie VII a rétabli depuis cette milice des papes : est-ce dans le but d'être utile aux rois? c'est ce que le temps nous apprendra.

[13] PAGE 22.

Sainte-Aldegonde est là.

Philippe de Marnix, baron de Sainte-Aldegonde, né à Bruxelles, fut tout à la fois homme de lettres, homme d'état et homme de guerre; disciple de Calvin, il avait embrassé avec ferveur la réforme religieuse; ami de Guillaume, il ne fut pas partisan moins zélé de la réforme politique. C'est lui qui rédigea l'arrêté par lequel les gentilshommes belges s'engagèrent, en 1566, à ne pas souffrir dans leur pays l'établissement de l'inquisition. Le prince d'Orange l'employa dans des négociations importantes. Bourgmestre de la ville d'Anvers en 1584, il y fut assiégé par le prince de Parme, et quoiqu'il ait été obligé de rendre cette place l'année suivante, il n'acquit pas moins d'honneur en la défendant que le duc en la prenant.

Sainte-Aldegonde a publié un grand nombre d'ouvrages de controverse. Il écrivait aussi en vers. Sa traduction des Psaumes en vers hollandais était fort estimée de son temps. On lui attribue le chant national qui se chante encore aujourd'hui en Hollande; il était occupé à traduire la Bible en flamand quand il mourut, en 1598, à Leyde.

[14] PAGE 22.

De Leyde et de Harlem les héros vous attendent.

Ces deux villes sont célèbres par la résistance qu'elles opposèrent aux Espagnols. Harlem, assiégée en 1573 par Frédéric de Tolède, fils du duc d'Albe, ne succomba qu'après une défense de sept mois; Leyde, moins malheureuse, assiégée en 1574 par Requesens, résista pendant cinq mois à tous les fléaux réunis, et dut sa délivrance au parti que prirent les Hollandais de rompre les digues et d'inonder le pays : *Mieux vaut*, disaient-ils, *pays gâté que perdu.* L'inondation, qui submergea le camp espagnol, amena jusque sous les murs de Leyde la flottille que Guillaume avait équipée à Roterdam. Quand Leyde fut délivrée, il y avait sept semaines que le pain y manquait.

15 PAGE 25.

Par l'union d'Utrecht fixant son avenir.

On donna ce nom au traité par lequel les provinces de Hollande, de Zélande, d'Utrecht, de Frise, de Gueldre, de Brabant et de Flandre, tout en gardant chacune leur gouvernement particulier, formèrent une association politique, et s'engagèrent à s'entre-secourir contre toute attaque extérieure, et à contribuer en hommes et en argent à la défense commune. Cet acte, rédigé par Guillaume, est la base de la constitution par laquelle la Hollande a été régie pendant plus de deux cents ans. Ce traité prit le nom de la ville où il avait été conclu, le 29 janvier 1579.

16 PAGE 50.

Moi, le roi.

Yo, el rey, telle est la formule qui, dans tous les actes émanés du trône, précède en Espagne la signature royale.

17 PAGE 55.

Est-ce pour abroger un utile pouvoir?
Non, c'est pour rappeler Philippe à son devoir
Que le cri général quinze ans s'est fait entendre.

Les Pays-Bas en effet ne réclamaient que l'observation des priviléges dont la garantie leur avait été jurée par les rois d'Espagne, héritiers des domaines de la maison de Bourgogne. Ce n'est pas contre les lois mais pour les lois qu'ils s'étaient armés.

18 PAGE 57.

Brédérode.

Nom historique porté ici par un personnage fictif, auquel on prête toutefois les opinions qu'eut le véritable comte de Brédérode, l'un des plus zélés défenseurs des priviléges des Pays-Bas, et celui des seigneurs qui le premier prit les armes pour les défendre. Ce seigneur descendait des anciens comtes de Hollande. Il mourut en 1566.

19 PAGE 58.

D'Albe.

Ferdinand Alvarez de Tolède, duc d'Albe, généralissime des armées impériales sous Charles-Quint. En 1546, il gagna contre les protestants la bataille de Mulberg. Sous Philippe II, il conquit à ce roi le Portugal; mais il lui fit perdre les sept Provinces-Unies, qui s'étaient révoltées contre sa tyrannie.

Le duc d'Albe fut l'homme le plus dur, le plus orgueilleux et le plus vindicatif de son temps. Il avait pour principe « qu'un pays rebelle devait être ruiné. » Ce fut sa règle de conduite dans les Pays-Bas; il se vantait d'avoir fait mourir dix-huit mille hommes de la main du bourreau pendant cinq ans et demi qu'il gouverna ces malheureuses provinces, et cela indépendamment d'un nombre plus considérable encore de Flamands qui avaient été tués sur le champ de bataille ou égorgés dans les villes prises. A son lit de mort, tourmenté par le souvenir de tant d'horreurs, comme il ne dissimulait pas ses terreurs, Philippe II lui fit dire, pour le tranquilliser, qu'il prenait sur lui le sang qui avait été répandu sur le champ de bataille, et que le duc ne répondrait que de celui qu'il avait fait couler sur les échafauds. On ne dit pas si, d'après cette garantie, il mourut en paix.

[20] PAGE 58.

Roubais.

Nom historique aussi. Le marquis de Roubais fut du nombre des seigneurs flamands qui, après avoir embrassé la cause de la liberté, s'en détachèrent par suite de la jalousie que leur inspira la grande popularité du prince d'Orange. Guillaume n'eut pas d'ennemi plus cruel parmi ses compatriotes que le marquis de Roubais, qui porta la haine jusqu'à solder un officier français, son prisonnier, pour assassiner le prince d'Orange. On a voulu rappeler ces faits en prêtant ses dispositions malveillantes au personnage qui porte ici son nom.

[21] PAGE 66.

D'Egmont lui-même en vain élève donc la voix.

Lamoral, comte d'Egmont, issu d'une des grandes maisons de Hollande, servit avec distinction sous Charles-Quint. Général sous Philippe II, il gagna les batailles de Saint-Quentin et de Gravelines. Ce roi ne lui pardonna pas néanmoins de s'être rangé du parti des seigneurs flamands qui s'opposèrent à l'établissement de l'inquisition dans les Pays-Bas et demandèrent le rappel du cardinal Granvelle. D'Egmont, qui s'était laissé abuser par les égards, les faveurs même que lui prodigua Philippe, auquel il avait été porter à Madrid les remontrances des provinces flamandes, périt victime de sa confiance. Arrêté après son retour par ordre du duc d'Albe chez le duc d'Albe même, il fut condamné à mort par un tribunal spécial, dit *conseil des troubles*. La sentence fut exécutée, le 8 juin 1568, sur la grande place de Bruxelles. Guillaume avait prédit à d'Egmont le sort qui l'attendait. N'ayant pu réussir à le désabuser et à l'engager à recourir aux armes contre la tyrannie de Philippe, il lui avait dit dans une conférence tenue à Villebruck, en terminant leur discussion, qui avait été vive : « Fiez-vous à la clémence de Philippe; « quant à moi, je vais mettre ma tête à l'abri chez l'étran-« ger. — Adieu donc, prince sans terres, lui dit d'Egmont.— « Adieu donc, comte sans tête, répliqua Guillaume. »

Dans les notes de *la Henriade*, du nom *Lamoral* on a fait *l'amiral*. Il est étonnant qu'on ait tout nouvellement reproduit cette faute, qui avait déjà été signalée.

22 PAGE 69.

De son sceau garde encor l'injurieuse empreinte.

L'insurrection des Pays-Bas contre Philippe II date du mois de mai 1568, époque à laquelle Louis de Nassau y rentra les armes à la main, et ce n est qu'en 1581, le 26 juillet, que les états-généraux assemblés à La Haye déclarèrent Philippe déchu des droits de souveraineté pour avoir violé les lois fondamentales. En conséquence de ce décret, le sceau du roi fut rompu, les commissions données en son nom furent révoquées, et l'on exigea des officiers civils et militaires un nouveau serment. Ainsi pendant quinze ans tous les actes que les états opposaient aux actes du roi avaient été scellés du sceau de ce prince, et c'est en son nom qu'on lui faisait la guerre.

[23] PAGE 73.

Dont vous déshéritez les Hapsbourg, les Valois.

La maison d'Autriche, à laquelle appartenait Philippe II, devait son élévation au trône impérial à Rodolphe, comte de Hapsbourg, qui fut élu empereur en 1273.

Par Valois, l'ambassadeur rappelle ici que le duc d'Alençon, prince de la maison de Valois, avait été proclamé souverain des Pays-Bas par les États.

[24] PAGE 75.

Le voilà donc proscrit par Utrecht et par Rome.

C'est-à-dire, en conséquence des principes qui servent de base à l'union d'Utrecht et de ceux que professe la cour de Rome.

[25] PAGE 78.

Cultivez donc l'ivraie au milieu du bon grain.

Métaphore empruntée à l'Évangile. *Voyez* saint Matthieu, ch. XIII.

[26] PAGE 79.

De Clément cinq pourquoi ne suit-on pas l'exemple?

Bertrand de Got. Ce pape en supprimant l'ordre des Templiers en 1310, en conséquence d'un procès dont l'instruction dura trois ans, l'avait dénoncé en effet à la justice séculière, et avait justifié la rigueur de Philippe-le-Bel aux yeux de ceux qui ne le réputaient pas complice de ce prince.

[27] PAGE 84.

La foi de Jauréguy, la ferveur de Salcède.

« Je suis prêt, disait Jauréguy au banquier Anastro son maî-« tre, à faire ce que le roi désire si ardemment; je méprise « également et la récompense qui m'est offerte et le danger « auquel je m'exposerai pour la mériter. Je sais que je péri-« rai : la seule chose que j'exige de vous, c'est que vous fas-« siez prier Dieu pour le repos de mon âme, et que vous en-« gagiez sa majesté à secourir mon père dans sa vieillesse. » On ignore si les vœux de ce misérable ont été exaucés, et si le roi Philippe a fait une pension et octroyé des lettres de noblesse à la famille de ce valet; mais on sait qu'un prêtre nommé Timerman, auquel il se confessa, loin de le détourner de cet horrible dessein, l'y encouragea et lui donna l'absolution.

Salcède ou Salcédo, mû par un intérêt pareil, fut encouragé aussi au crime par les ministres du Dieu de paix. On prétend que l'espérance d'obtenir le paradis par cette horrible action avait conduit à Delft quatre scélérats qui se disposaient à frapper Guillaume, quand Balthazar Gerrard les prévint le 8 juillet 1584.

[28] PAGE 84.

Advienne que pourra.

Vieil adage qui, pour être complet, doit être précédé de ces mots : *Fais ce que dois.* Napoléon-Louis, roi de Hollande, en avait fait sa devise : c'est celle d'un honnête homme.

[29] PAGE 88.

De l'état je suis l'homme.
D'un plus beau nom jamais se peut-il qu'on me nomme ?
J'en connais tout le poids, et je le soutiendrai ;
J'en connais tous les droits, et je les maintiendrai.

Stathouder signifie en effet l'homme de l'état. Guillaume croyait appartenir à l'état, et différait en cela de Philippe, qui pensait que l'état lui appartenait. *Je maintiendrai* est la devise des princes d'Orange.

[30] PAGE 91.

Je lance contre toi le terrible anathème
Par qui l'Hébreu parjure, autrefois poursuivi,
S'est vu livrer au fer des enfants de Lévi.

Les enfants d'Israël, après avoir forniqué avec les filles de Moab et de Madian, ayant adoré leur dieu Belphégor et mangé de la chair des victimes immolées sur ses autels, Dieu irrité dit à Moïse : « Prenez tous les chefs du peuple et pendez-les « en plein jour à des gibets, pour détourner ma fureur de dessus Israël. » *Tolle cunctos principes populi, et suspende eos contra solem in patibulis, ut avertatur furor meus ab Israël.* En conséquence Moïse dit aux juges d'Israël : *Occidat unus-*

quisque proximos suos qui initiati sunt Beelphegor; « que chacun de vous tue ceux de ses proches qui ont été initiés au culte « de Béelphégor. » (*Nombres*, c. XXV.)

Les prêtres de la nouvelle loi s'autorisent souvent de l'ancienne. Quand le pape Pie VII sacra l'empereur Napoléon, telle fut sa prière : « Dieu tout-puissant et éternel, qui avez « établi Hazaël pour gouverner la Syrie et Jéhu roi d'Is-« raël en leur manifestant votre volonté par la voix du pro-« phète Élie, qui avez également répandu l'onction sainte des « rois sur la tête de Saül et de David par le ministère du pro-« phète Samuel, répandez par mes mains les trésors de vos grâces « et de vos bénédictions sur votre serviteur Napoléon, que, « malgré notre indignité personnelle, nous consacrons aujour-« d'hui empereur en votre nom. »

31 PAGE 91.

De ces cœurs dévorés de la ferveur du temple.

Ceci rappelle aussi un passage des livres sacrés : *Zelus domus tuæ comedit me*, « le zèle de votre maison m'a dévoré, » dit le Psalmiste, ps. LXVIII, v. 10.

Ce passage est extrait des versets suivants :

Extraneus factus sum fratribus meis, et peregrinus filiis matris meæ.

Quoniam zelus domus tuæ comedit me.

« Je suis devenu comme un étranger à mes frères, et comme « un inconnu aux enfants de ma mère.

« Parceque le zèle (de la gloire) de votre maison m'a dévoré. » (Traduction de LEMAÎTRE DE SACY.)

Clément Marot traduit ainsi ces versets :

Mes frères m'ont tenu pour étranger,
Mescogneu m'ont les enfants de ma mère;
Car de ton temple, ô Dieu! en qui j'espère,
Le zèle ardent est venu me manger.

Les pasteurs et les professeurs de Genève ont substitué à cette version, qui ne leur paraît pas assez élégante, les vers suivants, qui se chantent dans leurs temples :

Ceux de mon sang m'ont traité d'étranger.
J'ai paru tel aux enfants de ma mère,
Lorsqu'on a vu dans toute ma misère
De ta maison le zèle me ronger.

On peut préférer la prose de Sacy à ces vers-là, même sans être catholique.

32 PAGE 93.

Jacob de Maldre.

Tel était le nom de l'écuyer de Guillaume.

33 PAGE 105.

La vertu qu'on retrouve au céleste banquet.

Jacques Clément, Ravaillac, avaient communié avant de frapper Henri III et Henri IV : ces scélérats aussi avaient préludé à l'assassinat par le sacrilége.

VARIANTE.

ACTE III, SCÈNE IV.

GUILLAUME.

Que la loi monte enfin pour n'en jamais descendre.
Et vous, à cette loi, même avant ce moment,
De l'union batave assuré fondement,
De Philippe abjurant l'autorité rebelle,
Jurez, sénat, jurez d'être à jamais fidèle.

LE CONSEIL.

Nous le jurons!

L'AMBASSADEUR.

Du prince abaissant la fierté,
De ces discours c'est trop souffrir la liberté...

www.ingramcontent.com/pod-product-compliance
Lightning Source LLC
LaVergne TN
LVHW012018220826
846092LV00001B/401

9782329755502